W0352289

COLLECTION FOLIO

Luc-Michel Fouassier

Les pantoufles

Gallimard

© Éditions de l'Arbre vengeur, 2020.

Luc-Michel Fouassier est né en 1968, en région parisienne. Après avoir publié plusieurs livres en Belgique, son dernier roman, *Les pantoufles*, a paru aux Éditions de l'Arbre vengeur en 2020.

C'est un petit pas pour l'homme,
mais un bond de géant pour l'humanité.

Neil ARMSTRONG
trompettiste lunaire

LE PIED À L'ÉTRIER

On regarde sa montre, on constate qu'on est déjà en retard, on cherche le parapluie pliable, on vérifie que le portefeuille se trouve bien dans la poche intérieure de la veste, on dégotte le parapluie posé à même la moquette du couloir, on remarque un vilain petit duvet de poussière sur le dessus du meuble Ikea, on se demande s'il en est de même pour tous les autres meubles, on se dit qu'il serait peut-être souhaitable de changer de femme de ménage, on claque la porte de l'appartement. Puis, ayant snobé l'ascenseur, à l'instant où l'on quitte la moquette du palier pour le carrelage de l'escalier, au bruit étouffé de ses pas, on se rend compte qu'on a oublié de chausser ses mocassins.

On fixe un instant les pantoufles.

On leur trouve un air un peu con, subitement, à ces deux pantoufles. On cherche en vain ses clefs dans la poche droite de la veste (leur place habituelle). On porte un ultime espoir sur la poche gauche. Là aussi, rien. Force est de constater qu'on a aussi oublié les clefs. On maudit alors la femme de ménage qui, par le fait d'avoir délaissé le dessus du meuble à chaussures, a dérouté l'attention. On s'imagine en train de l'étrangler. On est en retard. On file comme ça.

Heureusement, je n'avais qu'une centaine de mètres à parcourir pour me rendre au bureau de poste et à cette heure-ci, passé la grande migration vers les lieux de travail, je ne devais croiser guère de monde. Ça m'arrangeait. En pantoufles et complet-veston, je risquais de détonner un peu, voire de passer carrément pour un cinglé. Il eût été préférable finalement de sortir vêtu d'une robe de chambre. Au moins, cela eût pu me donner des allures de gardien d'immeuble, pressé de faire une course et de regagner sa loge pour vaquer à des occupations plus tranquilles. De gardien, justement point dans notre immeuble. Le dernier avait pris sa retraite depuis un bon mois. Une petite annonce avait été passée pour y remédier, mais qui n'avait pas suscité beaucoup d'enthousiasme. L'immeuble flottait à la dérive, sans concierge, au cœur du quinzième arrondissement. Tous les locataires avaient gardé les doubles de leurs clefs par-devers eux. En ce qui me concernait, mon trousseau de clefs se trouvait derrière une porte, parfaitement close à cet instant précis, le double ayant été emporté par Astrée lorsqu'elle m'avait quitté. Je réfléchissais à la manière de m'auto-étrangler (c'était la deuxième fois en peu de temps, cette pulsion, il allait falloir me calmer) lorsque, pour atténuer le contraste entre mes vêtements et mes pantoufles, me vint l'idée de dénouer ma cravate et de la dissimuler dans la poche de ma veste. Pour faire bonne mesure, je remontai le talon de mes chaussons (car, à la vérité, c'étaient des charentaises dont j'avais pour habitude d'écraser la tige arrière en les enfilant comme des babouches). Je ne pouvais le contester, ma journée allait prendre une tout autre tournure que celle à laquelle je m'étais préparé.

Ce n'était pas désagréable de marcher dans la rue avec des charentaises aux pieds, ça vous donnait la douce impression de fouler un tapis moelleux et silencieux de mousse, le dur trottoir revêtant les atours de sentier de sous-bois. J'avais utilisé toutes sortes de chaussures dans ma vie, du plus banal soulier de ville à l'espadrille, de la botte de caoutchouc à la tong, de la chaussure de tennis Stan Smith à la santiag, en passant par le sabot en plastique et la palme d'homme-grenouille. À chaque fois, je me trouvais dans une situation où l'objet chaussé était en adéquation avec le milieu environnant et, pourtant, jamais je ne m'étais senti aussi à mon aise (du temps de la Stan Smith, mon adversaire m'en faisait voir de toutes les couleurs, me baladant aux quatre coins du court de tennis – je rentrais chez moi perclus d'ampoules).

Bien que pressé, car je voulais que ma lettre partît avec la levée de dix heures, je sentais que mes jambes refusaient de se mettre au diapason de mon état d'esprit. J'avais la curieuse sensation de me précéder. Le cerveau en avant, tête de proue d'un navire sans capitaine, les jambes plusieurs mètres en arrière, à la poupe, juste au-dessous du pont où la barre à roue tournait dans le vide. Il allait bien falloir que tout revînt dans l'ordre. À bien considérer la chose, il n'y avait pas trente-six solutions. Ou les jambes se décidaient à accélérer pour venir recoller à la partie haute de mon anatomie, ou bien c'était cette dernière (incluant le cerveau, tout de même !) qui devait se laisser rattraper en s'adaptant au rythme nonchalant de mes nouveaux pas. Cela m'étonna mais c'était plutôt cette deuxième option qui semblait vouloir s'imposer.

Sur l'affiche, une demoiselle blonde au teint

hâlé vous accueillait tout sourire, avec un message de bienvenue inscrit dans le phylactère lui giclant de la bouche. Comment pouvait-elle sourire en même temps qu'elle parlait ? me demandai-je, moi qui avais toujours eu du mal à esquisser le moindre sourire sans donner l'impression au destinataire que je me forçais. Le bureau de poste avait beau souhaiter la bienvenue, on était tout de même confronté en premier lieu à des automates (machines pour timbrer, faire de la monnaie, acheter des cartes cadeaux). Je me joignis aux trois personnes qui attendaient devant l'unique guichet ouvert, duquel dépassait une touffe de cheveux coiffés à la Jackson Five.

Il me fallait envoyer cette lettre par courrier recommandé. Impérativement. Et, par conséquent, remplir le formulaire idoine qu'allait me fournir, je n'en doutais pas une seconde, le Jackson Five. Dans un sens, cela ne me déplaisait pas de devoir patienter un peu en faisant la queue. C'était une manière comme une autre de parvenir à faire le point sur ma situation. Je ne pouvais contester le fait que me retrouver en pantoufles dans la rue n'était pas une situation des plus confortables (d'un point de vue mental, s'entend, car sur le point purement physique, voire kinesthésique, c'était plutôt le contraire, un véritable pied ! oserais-je dire). Et les choses allaient considérablement se compliquer. Je devais passer au bureau où on m'attendait, à dix heures et demie, pour la réunion consacrée au dossier Bériot. Madame Laforêt-Larue avait insisté pour que tout le staff fût présent. Elle ne badinait pas avec les questions de timing et, d'ailleurs, certainement pas non plus avec l'amour.

Dans moins d'une demi-heure, on allait me compter parmi les absents. Faute de temps, il me paraissait inenvisageable de passer dans un magasin de chaussures pour y acheter une paire de souliers. Je devais me résoudre à l'idée de me rendre à la réunion en pantoufles. La seule chose qui me rassérénait un peu, c'était que ladite réunion ne concernait que le personnel. Nous serions en interne, pas de clients autour de la grande table ovale. J'en étais rendu là de mes réflexions lorsque le type qui me précédait se décala légèrement et laissa filer son regard, au hasard, sur le sol, avant de l'immobiliser soudainement au niveau de mes pieds. Il resta quelques secondes à fixer mes pantoufles puis fit une moue dans laquelle je crus déceler un soupçon de commisération. Il tapota sur l'épaule de la femme qui le précédait et, dans le même temps qu'il lui désignait mes chaussons, lui enjoignit de me laisser passer devant eux, ce qu'elle accepta volontiers. D'un signe de tête, je les remerciai. Sur l'affiche collée au mur, derrière le guichetier (qui, dans le clan Jackson, ressemblait davantage à Germaine qu'à Michaël), la délicieuse demoiselle qui m'avait accueilli à l'entrée, toujours figée dans la même pose, me proposait maintenant des solutions pour tous mes projets. Il me sembla que son sourire s'était fait plus complice. La journée ne commençait pas si mal, après tout.

PIED DE NEZ

J'avais hésité à appeler un taxi puis avais fini par y renoncer en pensant à la tête que ferait le chauffeur en découvrant un client en pantoufles. Le métro, c'était autre chose. On y croise tellement de looks marginaux qu'un type avec des chaussons pouvait, me semblait-il, passer aisément inaperçu. Je n'éprouvais que la crainte, par anticipation douloureuse, qu'on m'écrasât les pieds. Heureusement, à cette heure creuse de la matinée, il n'y avait pas grand monde dans les couloirs du métro. *Attention ! Ne mets pas tes mains sur la porte : tu risques de te faire pincer très fort.* Le petit lapin de l'autocollant apposé sur la porte du wagon allait finir par me rasséréner tout à fait. Il n'était question que des mains. Pour ce qui s'agissait des arpions, il se permettait, lui, de se balader carrément pieds nus.

Je regardais l'Amérique du Sud. Toute la

côte ouest, de la Colombie jusqu'à l'extrême pointe du Chili, se trouvait plongée dans une nuit affreusement sombre, tandis que le Brésil rayonnait d'un vert des plus chlorophylliens. Un gigantesque séisme secouait le Venezuela lorsque je remuais mes orteils. Jusqu'alors, je n'avais pas remarqué que je m'étais fait une superbe tache sur le dessus de ma charentaise droite. À en juger par les contours marronnasses de l'Amérique du Sud, il devait très certainement s'agir de café. Heureusement, cette tache se trouvait noyée dans le quadrillage noir et vert écossais du tissu de laine. Je ne me souvenais plus comment je m'y étais pris pour me dégueulasser de la sorte. Certainement encore un matin où, pressé par le temps, j'avais dû avoir un geste malheureux et renverser mon mug à l'effigie de Droopy. Je ne les avais jamais observées avec autant d'attention, mes charentaises. Mis à part cette tache, elles avaient fière allure. Les extrémités au-dessus des gros orteils ne présentaient pas encore l'usure habituelle qui dégénérait en trou, signe annonciateur d'un remplacement imminent. Le quadrillage consistait en un croisement de lignes noires verticales d'une largeur d'un centimètre – l'une de ces lignes plongeait le Chili dans la nuit profonde – et de liserés plus fins tirant sur le gris, dans le sens horizontal, les latitudes en quelque sorte. La languette montait assez haut sur le cou du pied, à l'envers de laquelle était scotchée une étiquette, manière de carte d'identité. Pointure 42, tissu 100 % laine, fabriqué en France. Fières, mes charentaises affichaient un petit air aristocratique.

La réunion, c'était indiscutable, je ne pouvais pas y couper. En revanche, je supputais sur les chances de m'éclipser à l'issue de celle-ci. Je pouvais très bien dire que j'emportais les dossiers sur lesquels j'avais à plancher, prétextant un rendez-vous médical à honorer dans la journée. Étrangement, à la perspective de me défiler ainsi, ce ne fut pas le visage sévère de madame Laforêt-Larue qui me vint à l'esprit mais celui d'Astrée. Je la voyais, me fixant avec un air désolé, voire quelque peu réprobateur. Décidément, mon pauvre vieux, tu ne changeras donc jamais, me lâchait-elle, en hochant la tête. Tu resteras toujours aussi inconséquent. Je m'en voulus d'avoir pensé à elle. Nous ne nous étions pas vus depuis plus d'un mois. Pourquoi fallait-il qu'elle revînt me tourmenter à ce moment précis, alors que je me sentais vulnérable, en chaussons, assis sur le strapontin au milieu d'une rame de métro ? Encore que vulnérable ne soit pas tout à fait le bon mot. Je pensais plutôt qu'en sortant chaussé ainsi, je ne foulais plus le même sol que mes congénères, j'avançais en marge. À côté de mes pompes, en quelque sorte.

Ils étaient montés à la station Pasteur, s'étaient assis côte à côte, sur les deux strapontins qui me faisaient face. Dans un premier temps, tout entier à mes pensées, je ne leur avais pas prêté d'attention particulière. Mais leurs rires étouffés ne tardèrent pas à attirer mon regard. Deux adolescents. Deux garçons (certainement boutonneux, mais à cette distance, je ne pouvais le certifier) qui devaient se rendre au lycée et qui s'échangeaient des plaisanteries à voix basse, plaisanteries dont j'étais certainement le sujet à en juger par les coups d'œil furtifs qu'ils jetaient en direction de mes pantoufles tout en se donnant des coups de coude. Celui de droite avait même sorti son smartphone qu'il tenait en position verticale sur ses genoux. Un léger déclic m'indiqua qu'il m'avait pris en photo. Ils m'agaçaient passablement, et j'en étais à me projeter dans une autre vie où je me permettais de les étrangler à tour de rôle (c'était la troisième fois que j'envisageais cette extrémité, j'étais un peu à cran), lorsqu'ils se levèrent et descendirent à la station qui se présentait. Je les regardai s'éloigner sur le quai, le cul du jean, comme l'exigeait la mode, leur descendant à mi-cuisse. Lorsque, dans sa lente accélération, la rame les dépassa, je tapotai sur la vitre du wagon et leur désignai du doigt le nom de la station inscrit sur panneau bleu et fond de faïence blanche : Cambronne.

Accusant deux minutes de retard sur l'horaire de rendez-vous, je passai devant l'accueil sans me faire remarquer des hôtesses (absorbées par la lecture des magazines qu'elles tenaient dissimulés sous le comptoir) et m'engouffrai dans l'ascenseur qui se trouvait, par bonheur, en attente au rez-de-chaussée. Alors qu'habituellement les deux miss blondes de l'accueil me saluaient d'un froid bonjour scandinave, j'étais passé comme l'Homme Invisible, ne suscitant pas plus d'intérêt qu'un souffle d'air sur la banquise. J'étais certes soulagé qu'elles ne s'aperçussent pas de l'incongruité de ma mise mais intrigué par ce désintérêt inhabituel de leur part. Se pouvait-il qu'on leur eût fait passer la consigne de me battre froid sous prétexte que j'arrivais avec quelques minutes de retard ? Était-ce une manière de mise en condition avant une réception encore plus cinglante aux strates supérieures ? La porte de l'ascenseur s'ouvrit sur le cinquième étage alors que je trouvais la réponse à l'énigme qui m'avait taraudé durant toute la montée. Je n'étais pas devenu l'Homme Invisible mais l'Homme Silencieux. Les deux miss ne m'avaient pas entendu venir, sur le marbre étincelant du hall, mes chaussons n'émettant pas plus de bruit qu'un pet sur une toile cirée.

Le couloir en forme de L, dont chacun des murs était flanqué d'une théorie de portes de bureaux ponctuée par quelques reproductions sous verre de toiles de Nicolas de Staël, était désert. J'avançai, méfiant, silencieux, ouaté pour ainsi dire (l'épaisseur de la moquette s'ajoutant au feutre de mes semelles), et débouchai dans la deuxième section du L qui menait au saint des saints, la salle du bureau ovale. Là, je tombai nez à nez avec Langlois. Il ne m'avait pas entendu approcher et fut surpris de me voir. Je l'avais fait sursauter alors qu'il arrangeait son nœud de cravate. Cela me fit penser à en faire de même. Je nouai donc la mienne, que j'avais gardée depuis la poste dans ma poche. Nous nous fîmes face et endossâmes l'un pour l'autre le rôle de miroir. Tu devrais serrer un peu plus, conseillai-je. Langlois s'exécuta tout en m'expliquant qu'il avait raté son RER. Tu sais, avec les grèves, il n'y en a qu'un sur deux. À l'instant même où il me donnait ces explications, son regard tomba sur mes pantoufles. Panne de réveil ? me demanda-t-il, avec un air où la complicité le disputait à l'inquiétude. Sans hésiter, et alors que j'aurais pu lui donner les raisons exactes qui m'avaient conduit à me retrouver en chaussons devant lui, je lui répondis que j'avais juste perdu un peu de temps au moment de choisir ma tenue vestimentaire. Et j'ajoutai : il va falloir qu'on soigne notre entrée.

Langlois passa le premier, je lui emboîtai le pas. Très subtilement, un peu à la manière dont j'avais vu pratiquer un clown qui se produisait sur le parvis du Centre Beaubourg, je calquai ma marche, en un parfait synchronisme, sur celle de Langlois. Je le suivis comme une ombre en couleurs, presque collé, ne décrochant que lorsque j'aperçus une place libre entre deux collègues. Langlois (à qui j'avais prodigué une petite pichenette pour l'inciter à me laisser le siège que je lorgnais) dut pousser plus loin pour se retrouver assis aux côtés de madame Laforêt-Larue, de sorte que, la proximité jouant, ce fut lui qui reçut de plein fouet les foudres de celle-ci. Monsieur Langlois, la ponctualité est la qualité première que nous attendons d'un cadre d'une entreprise telle que la nôtre.

Le rapport Bériot – une cinquantaine de pages avec force schémas et courbes – fut distribué à tous les participants de la réunion. Nous étions conviés à un « brainstorming ». Comme d'habitude, chacun allait être amené à s'exprimer, proposer son point de vue. D'aucuns allaient déployer des trésors de réflexions pour se faire bien voir, briller aussi fort que les souliers qu'on avait méticuleusement astiqués avant de venir. Et, je n'en doutais pas, cela se terminerait par la conclusion de madame Laforêt-Larue comme quoi la réunion avait été très constructive. Contrairement aux autres, le rapport Bériot, moi, je ne l'avais pas étudié en amont. D'ailleurs, depuis plusieurs semaines, je n'avais plus vraiment étudié le moindre rapport, si ce n'était celui que j'entretenais avec Astrée. Comme d'habitude, Dambrun fit une relecture rapide. Nous le suivîmes, à distance, toujours un graphique de retard. Ce fut alors qu'un de mes vis-à-vis, un des responsables du service commercial, remarqua mes pantoufles. Il aurait aperçu un serpent lové sous la table qu'il n'aurait pas montré faciès plus étonné. Il ouvrit des yeux ronds comme des billes puis retira ses lunettes, les essuya, les rechaussa (hihihi, c'est amusant la langue française !), pour constater que, non, il n'était pas victime d'hallucinations. Ce type, face à lui, était bel et bien chaussé de pantoufles ! Il décida de mettre ses voisins dans le coup. L'information se propagea aussi sûrement qu'une ola dans les tribunes d'un stade de football. Pour ma part, j'affichai une impassibilité forcenée tel un gardien de but au moment du penalty (un petit côté très Peter Handke). Vint alors le moment crucial des avis, sollicité par madame Laforêt-Larue. D'ordinaire, l'occasion tant attendue de déposer son intelligence sur la table. Là, pas un mot. Pas la moindre tentative de se distinguer. On n'était pas dedans. Le match semblait se jouer pour du beurre. Alors, s'impatienta madame Laforêt-Larue, qui fera le premier pas ? Vous avez bien des suggestions ? Ils étaient tous, à vrai dire, dans leurs petits souliers...

J'avais pris la parole. Qu'est-ce qui avait bien pu m'y pousser ? Plus tard, je me poserais la question. Peut-être les regards compatissants, voire un tantinet méprisants, de mes collègues. Toujours est-il que j'avais pris la parole. J'avais commencé par évoquer le déficit de confiance de nos clients, l'image peut-être trop avant-gardiste de notre boîte. Il ne fallait pas se contenter d'études de marché, il me paraissait nécessaire de se réapproprier le client, le considérer comme un individu avec toutes ses dimensions affectives, cognitives et sociales, puis l'inviter à prendre une part active dans notre société. En gros, développer le caractère de proximité de nos échanges avec lui. J'avais pris alors l'air le plus convaincu pour ajouter que c'était en manière de symbole d'ouverture d'esprit et de convivialité que je m'étais présenté à eux, en ce jour, chaussé de pantoufles. Car enfin, qu'est-ce qui pouvait mieux incarner la sérénité, la transparence, la vérité, bref la confiance, qu'une paire de charentaises pure laine ?

Madame Laforêt-Larue adhéra. « Je suis positivement charmée par votre discours », précisa-t-elle, même. Je fus surpris par le terme qu'elle avait employé. Convaincue, emballée, sur la même longueur d'onde, okay sur toute la ligne, eussent suffi à mon bonheur. Mais « charmée », il n'en fallait pas plus pour que mon imagination se débridât, nous imaginant, madame Laforêt-Larue et moi, allongés sur une peau de bête, devant un bon feu de cheminée, roucoulant à qui mieux mieux. C'était indéniablement l'effet cosy des chaussons qui tendait à enrober mes pensées. Cependant, dans les tribunes, les spectateurs ne manquèrent pas de manifester un certain désarroi devant cette façon de jouer novatrice, bien éloignée d'un 4-4-2 défensif traditionnel. On me dévisagea avec, dans le regard, quelques lueurs de haine. De simple spectateur, on était passé au rang de hooligan.

Le retour aux vestiaires se passa non sans quelques sifflements et quolibets. Ce fut Meyer, le chef de bureau d'études, qui lança les premières salves. Alors, on fait des pieds et des mains pour se faire bien voir ? Je pensai que, pour une fois, Meyer, d'ordinaire si coincé, faisait preuve d'un peu d'esprit. L'expression qu'il avait utilisée ne manquait pas d'à-propos. Tu sais combien de temps on a passé pour mettre au point notre stratégie ? Et toi, tu mets tout ça en l'air avec tes grandes théories ! Je ne répondis rien mais trouvai qu'il manquait de suite dans les idées. Cela eût eu plus d'allure s'il avait poursuivi avec l'expression « tu foules aux pieds ». Dambrun et Farrigou, à la manière des Dupondt – et je dirais même plus –, me firent savoir qu'ils eussent aimé être prévenus à l'avance de manière à pouvoir anticiper un peu. Je n'osai pas leur dire que tout cela n'était que le fruit d'une inspiration spontanée digne des plus grands milieux de terrain, Cruyff, Platini, Zidane, Maradona…

Je quittai mon bureau sans même m'y être vraiment installé. Je prétextai, comme prévu, un rendez-vous médical. Langlois me souhaita une bonne journée tout en me gratifiant d'un clin d'œil, me signifiant par là qu'il avait apprécié la maestria avec laquelle je m'en étais sorti. Ce Langlois, un bon gros gars, finalement, me dis-je.

Avec la fuite des derniers nuages, partis vers l'est arroser la Champagne – ce qui allait renflouer les nappes phréatiques et permettrait d'envisager des bulles plus qu'honorables pour les fêtes de fin d'année (tiens, je me serais bien tapé une petite coupe pour fêter ma performance !) –, le franc soleil de mai donnait sa pleine mesure. L'air s'était considérablement adouci. L'odeur des platanes, le doux gazouillis d'une fontaine Wallace, le tintement des verres aux terrasses des bistrots, tout cela vous avait des petits airs de vacances. Et de fait, je me sentais un petit peu en vacances. J'avais aux pieds quelque chose qui ressemblait vaguement (d'un point de vue que je n'hésiterais pas à qualifier de philosophique) à des espadrilles. Nous étions vendredi midi, je disposais de deux jours et demi devant moi. Comme je ne me voyais pas me battre au téléphone avec un serrurier, je décidai de ne pas rentrer à mon appartement et de m'enquérir d'un hôtel.

L'employé de l'accueil avait des faux airs de Buster Keaton. C'était à se demander s'il ne s'amusait pas un peu de cette ressemblance tant il paraissait mettre un point d'honneur à garder le visage figé. Manquait juste le canotier. Tiré à quatre épingles, cravaté avec soin, il avait indéniablement une certaine classe. Il resta impassible à la vue de mes chaussons et me proposa la chambre portant le numéro 13, sans autres commentaires que la mention de la présence d'une douche dans la chambre et la possibilité de mettre mes objets de valeur et autres bijoux dans un coffre mis à ma disposition (qu'est-ce qu'il ne fallait pas entendre, mes bijoux ! on pourrait se vexer pour moins que ça...). Ses habits, costume noir et chemise blanche, la déco des couloirs, moquette anthracite, papier peint gris clair, on pouvait se croire dans un film d'époque. L'établissement ne respirait pas la joie de vivre mais il présentait l'avantage de pratiquer des prix abordables en plein Paris (bon, quinzième arrondissement, n'exagérons rien). Et surtout, on acceptait sans problème un type n'ayant avec lui ni sac ni valise, mais chaussé de pantoufles.

Une fois dans la chambre, ne prenant pas même la précaution de retirer mes pantoufles, je m'allongeai sur le lit. C'était plutôt plaisant de pouvoir se vautrer ainsi sans la culpabilité de celui qui ne s'est pas déchaussé. Une fraction de seconde, la voix de ma mère se mit à résonner entre les quatre murs au papier peint à fleurs. Veux-tu bien enlever immédiatement tes chaussures du lit ! Ce à quoi je m'empressai de répondre : Mais maman, tu vois bien que je suis en chaussons !

Je décidai d'appeler Justine. Ça faisait un bout de temps qu'elle n'avait pas eu de nouvelles de son père. Je pensais que ça ne pourrait que la réjouir. La sonnerie retentit un bon nombre de fois. Lorsqu'elle finit par décrocher, aux cris des gamins qui couvraient presque sa voix, je compris que Justine était encore à son travail. C'est l'heure de la sortie, m'expliqua-t-elle. Les petits ventres affamés s'impatientaient de retrouver les frites et la crème dessert promises sur le menu affiché à la porte de la cantine. Comment tu vas, toi ? Je sentis un peu d'anxiété dans sa voix. Couci-couça, répondis-je. Je lève un peu le pied. Et en prononçant cette dernière phrase, je ne pus m'empêcher de sourire à l'idée que ça m'était d'autant plus aisé que je portais des pantoufles. Je prends quelques RTT, cet après-midi. Je pourrais passer te voir à la fin de la classe. On prendra un verre. Elle accepta. Dans le temps qu'elle mit pour raccrocher, il y eut un court silence à l'autre bout du fil (les gamins devaient être sortis dans la cour de récréation), piétiné par la gueulante lointaine d'une de ses collègues, Kylian, tu arrêtes ! J'imaginai alors Justine, toute seule, toute menue, adossée au mur, au fond d'un couloir sombre. Et je ressentis l'impérieuse envie de la serrer dans mes bras.

Je disposais de mon après-midi. Et j'hésitais sur la manière dont j'allais le mettre à profit. Allongé sur mon lit, parfaitement immobile, dans la demi-clarté ménagée par des rideaux dont la trame élimée ne parvenait que partiellement à tempérer les ardeurs du soleil de midi, songeant à la fiesta du lendemain, je me faisais l'effet d'un champion de tennis patientant dans la pénombre des vestiaires avant de faire son entrée dans le rectangle de lumière du court central de Roland-Garros. En effet, la soirée chez les Berthet promettait d'être rude. Le double mixte que nous allions jouer avec Astrée allait être particulièrement délicat à négocier. Nous n'avions mis personne au courant de notre éloignement (non, non, le moment n'était pas encore venu de parler de séparation) ou de notre parenthèse, pour reprendre le terme exact qu'elle avait utilisé. Nous n'avions pas eu la latitude de déclarer forfait. La soirée des Berthet était trop importante pour Astrée, il en allait de son avenir professionnel. Nous ferons comme si, avait-elle proposé. Je n'avais eu ni la force ni le courage de résister. Le rendez-vous avait été fixé : samedi soir, en bas de leur immeuble, vingt heures. Pétantes, avait précisé Astrée. Encore une fois, le mot de trop.

Je sortis de ma petite sieste et de l'hôtel aux alentours de quatorze heures. Ne sachant trop quoi faire, je décidai de me rendre au musée du Louvre. J'aurais pu envisager l'achat de chaussures étant donné que je disposais d'un peu de temps ; mais j'estimais que les choses s'étaient plutôt bien passées depuis le matin.

Et je me sentais particulièrement à l'aise dans mes chaussons. Il était donc tout à fait inutile de faire attendre la Vénus de Milo. Le Louvre présentait le double avantage de me rapprocher du onzième arrondissement, où se trouvait l'école de Justine, et de m'offrir un lieu que j'imaginais volontiers calme, propice à la méditation, bref un endroit parfaitement adapté à un porteur de pantoufles (je ne m'y étais pas rendu depuis une bonne vingtaine d'années, à quoi ça tient, parfois).

Je m'étais, à l'évidence, fourvoyé. Le musée du Louvre ne présentait plus l'aspect feutré et serein que j'avais gardé en mémoire depuis les fois où j'y avais traîné mes guêtres (expression à prendre au figuré, dois-je préciser), en famille ou à l'occasion de sorties scolaires. Je devais m'y résoudre, on était entré, de plain-pied, dans le vingt et unième siècle. Agitation partout, hall d'accueil aux allures d'aérogare, mécanique entêtante et inquiétante des tourniquets et des escalators. La seule touche de douceur était offerte par le revêtement lisse utilisé pour les longs couloirs d'accès aux différentes galeries et dont la parfaite régularité autorisait quelques subreptices glissades, figures d'autant plus aisées à réaliser que la semelle de mes pantoufles s'accordait parfaitement avec la surface.

Très vite agacé par les déambulations anarchiques des visiteurs de tout poil et les inévitables bousculades qui en découlaient (on ne manquait pas de m'écraser régulièrement les pieds), je trouvai refuge dans une salle du département des antiquités grecques, étrusques et romaines. Là, je m'assis sur une des banquettes mises à la disposition des visiteurs qui, comme moi, pouvaient éprouver une légère lassitude, confrontés à la fièvre ovine de leurs congénères. Je restai sans bouger quelques minutes, aussi immobile que les statues qui m'entouraient. Face à moi, obéissant aux ordres de Zeus, son père, le pied droit en appui sur une pierre grossièrement taillée, ses petites couilles bien dégagées, suspendues dans le vide, pour l'éternité, Hermès rattachait sa sandale. Je me mis à penser au temps qui prend un malin plaisir à dicter sa loi. Tout était allé trop vite. Au moment où nous nous étions séparés, j'eusse aimé, moi aussi, disposer de l'éternité pour retenir Astrée ; du moins, de quelques secondes de suspension entre nos mots, nos gestes, qui eussent permis de nous rejoindre.

Ce fut un groupe de Japonais qui vint interrompre mes pensées. Précédés d'un guide à ombrelle, ils furent une bonne quinzaine à s'agglutiner autour d'Hermès. Fidèles à leur réputation, ils avaient sorti leurs appareils (des plus sophistiqués) et photographiaient à tour de bras celui de ce pauvre Hermès (qui, lui, était des plus simples). L'un d'eux, afin d'effectuer quelques réglages d'objectif, se tourna vers moi. Il me démontra, son regard tombant sur mes pantoufles, que des yeux bridés pouvaient parfaitement s'arrondir. Illico, il se mit en devoir de désigner à ses camarades l'objet de sa stupéfaction. Je constatai alors que le « oh ! » japonais se prononçait sensiblement de la même manière que le « oh ! » français. Comme un seul homme, ils délaissèrent Hermès et commencèrent à me photographier, me gratifiant, à chaque cliché, d'un sourire et d'un pouce levé. Je ne pus m'empêcher de jubiler intérieurement. D'une certaine façon, mes pantoufles prenaient une dimension mythologique en supplantant les sandales d'Hermès.

Finie, la récréation, retour à l'école.

Je fus très vite cerné par des regards réprobateurs. Un visage qu'on ne connaissait pas. Une allure étrange. Quelle idée de marier des chaussons avec un complet-veston ? On aura tout vu ! Aux abords de l'école Jacques-Prévert, ma présence intriguait, voire inquiétait. Pourtant, je n'eusse nullement dépareillé au milieu de ratons laveurs. Heureusement, l'attente ne fut pas très longue avant la sortie et je n'existai plus qu'au titre de mauvais exemple au moment où il s'agit, pour mon entourage suspicieux, de récupérer sa progéniture. Regarde comme tu finiras si tu ne travailles pas bien à l'école ! Tu ne pourras même pas te payer des chaussures ! Dans un grand désordre sonore et étourdissant, on s'éloigna du spectre de l'échec scolaire. Je me retrouvai seul, face à la porte de l'école.

Assis au premier rang, sur cette minuscule chaise, les genoux coincés sous le pupitre, je me faisais l'impression d'un mauvais élève que la maîtresse tance avec bienveillance. Tandis qu'elle me parlait, Justine ne quittait pas des yeux mes pantoufles. Je notai dans sa voix une profonde lassitude. Mais pourquoi ne m'avoir rien dit ? Et maman, elle pense quoi de tout ça ? Qu'est-ce que vous allez faire maintenant ? Trop de questions auxquelles je ne pouvais répondre. Un cancre à qui on demanderait ses tables de multiplication. Je tentai malgré tout de la rassurer. Je vais bien, je t'assure. Cette petite pause va nous être des plus bénéfiques. Nous avions besoin d'air, ta mère et moi. Justine ne semblait pas très convaincue. Se saisissant de l'éponge posée sur son bureau, elle me tourna le dos et se mit en devoir d'effacer le tableau. Le personnage qu'elle avait dessiné pour ses élèves de CP commença à disparaître progressivement, emportant avec lui les mots de vocabulaire qui lui étaient attachés. Tête, cou, épaule, bras, poignet, main, poitrine, ventre, nombril, cuisse, jambe, cheville, pied. Je notai qu'elle eut une petite hésitation avant d'effacer les pieds.

Étonnamment, Justine ne me fit aucune remarque concernant mes pantoufles. Elle se contenta de les regarder, avec, à chaque fois, un air désolé. Elle estimait certainement que j'étais au fond du gouffre et devait se dire que ça allait de pair, cette paire, avec mon état mental du moment. J'étais quelque peu vexé qu'elle me pensât si mal en point. Comment lui faire comprendre que, contrairement à ce qu'elle imaginait, je me sentais plutôt bien, aérien, fluide ?

Nous nous quittâmes à l'heure où les enfants de l'étude, impatients de rentrer chez eux, s'ébrouaient dans leurs classes. Justine me raccompagna à petits pas pressés dans les couloirs. Visiblement, elle ne tenait pas à ce que je croisasse l'un de ces chers bambins et me fit passer par une issue différente de celle que j'avais empruntée à mon arrivée. J'avais droit à la sortie des artistes, une porte discrète donnant sur la ruelle qui longeait l'arrière du bâtiment. Ne t'inquiète pas, lui dis-je en une ultime tentative pour la rassurer.

Je décidai de rester dans le quartier pour y

dîner. Mes pas me conduisirent tout naturellement jusqu'à la place de la Bastille où, comme tous les vendredis soir, de nombreux groupes de fêtards s'étaient fixé rendez-vous. L'excentricité des tenues vestimentaires semblait la règle aux terrasses des brasseries. J'avais donc de bonnes chances de passer inaperçu au milieu de ce petit monde et cela me convenait tout à fait vu que la visite à Justine m'avait laissé quelque peu sur le flanc. De surcroît, dans un endroit où les Sans-Culottes s'étaient illustrés, un Sans-Chaussures ne pouvait que se sentir chez lui.

Au *Soleil d'Istanbul*, je n'avais pas vraiment la sensation d'être chez moi (je n'avais pas pour habitude de me préparer des kebabs dans la cuisine de notre petit appartement) ; mais au moins, je ne m'étais pas fait rembarrer. En effet, l'esprit frondeur n'était plus de mise dans le quartier. On m'avait refusé l'accès à une bonne demi-douzaine de restaurants. Monsieur, nous sommes désolés mais nous exigeons une tenue correcte dans notre établissement. Sauce blanche, sauce rouge ? m'avait demandé le préposé à la découpe du rouleau de bidoche, son instrument – fruit des amours improbables d'un fer à repasser et d'une scie sauteuse – vaguement menaçant à la main. J'avais tout pris, même la sauce jaune qu'un timide test du bout d'une frite me révéla comme de la moutarde. Je commençais à manger mon kebab, les doigts bien graisseux, le regard perdu sur l'agrandissement d'une photographie de la Corne d'Or accrochée au mur, lorsque mon téléphone portable se mit à sonner. C'était Jibé (que, dans les mauvais jours, je n'hésitais pas à nommer Jean-Bernard). Je ne te dérange pas ? Non, non, fis-je résigné, les doigts bariolés en rouge, blanc, jaune. Ça te dirait un petit tennis, demain ? Pour toute réponse, je dus émettre une sorte de borborygme car il insista. Allez, on n'a pas joué ensemble depuis un bout de temps. Je n'avais pas le courage de lui expliquer ma situation. En plus, j'ai des balles neuves, lâcha-t-il en argument suprême. J'avais nettement l'impression que je ne parviendrais pas à m'en défaire, un peu comme avec ces chiens qui vous sollicitent, sur la plage, leur balle baveuse dans la gueule. Bon, OK, capitulai-je. Yeah ! Come on ! exulta-t-il au bout du fil (il avait indubitablement un petit côté Agassi, agaçant), se réjouissant à l'avance de la défaite qu'il allait m'infliger. Il me battait toujours, en s'arrangeant à chaque fois pour que ce fût une véritable correction, histoire de se défouler de toutes les frustrations qu'il pouvait connaître dans son travail et plus généralement dans sa vie. Je n'avais que mon fair-play et mon style Mousquetaire à lui opposer.

Au moment où je me levais pour aller vider dans la poubelle les résidus de mon repas (un champ de bataille après la charge de la cavalerie), le découpeur au fer à repasser se précipita pour me donner un coup de main. Alors qu'il vidait mon plateau dans la poubelle béante, il me désigna du menton mes pantoufles. Good babouches ! Good ! Il tendit sa jambe afin que je constatasse qu'il parlait en connaisseur.

De retour à l'hôtel, je fus accueilli par le réceptionniste, avachi sur son comptoir, la tête dans les mains, le regard perdu dans le vide. Profondément accablé, Buster Keaton semblait attendre un clap moteur qui tardait à venir. Mon arrivée tombait à pic pour le soustraire à ce désarroi. Vous avez passé une bonne soirée, cher monsieur ? questionna-t-il, en me tendant ma clef. Je lui expliquai que, pour me sustenter, j'avais dû me contenter d'un kebab. Il me dévisagea quelques secondes, interloqué. On ne s'attend pas à cela de la part d'une personne comme vous, finit-il par lâcher. Je lui demandai ce qu'il entendait par *une personne comme vous*. Une personne qui ne suit pas le troupeau, qui n'hésite pas à lutter contre le consensus ambiant. Bref, un individu qui ne craint pas d'affirmer son originalité, en dépit du regard des autres. C'est un fameux moyen que vous avez trouvé là de vous soustraire, dit-il en désignant mes chaussons de son menton. Vous êtes un as ! J'espère au moins que je ne vous choque pas en vous disant tout cela ? Non, non, du tout, dis-je pour le rassurer. J'ai l'impression que vous-même n'êtes pas mal non plus dans votre genre. Il me sourit d'un air entendu. Et c'était pour le moins cocasse de voir sourire Buster Keaton.

Une fois dans ma chambre, je remarquai tout de suite la paire de savates en tissu léger, blanches, jetables, déposées à la rigole du lit. Je devais, à n'en point douter, cette délicate attention à ce cher Buster Keaton qui était le seul à savoir dans quelle situation je me trouvais en matière de chaussage. Décidément, ce type gagnait à être connu. Je quittai précautionneusement mes pantoufles que je remisai, dans un premier temps, sous la tête de lit, avant de les éloigner près de la fenêtre. Force était de constater que l'odeur qui s'en dégageait exprimait impitoyablement le fait que j'avais mariné dedans toute la journée. J'entrouvris la fenêtre, me penchai à la rambarde. L'air était devenu un peu plus frais. La rumeur provenant du boulevard dont je ne distinguais qu'une petite portion au bout de la rue, loin d'être désagréable, me plongea dans un état de douce béatitude.

Un peu comme lorsque la pluie d'automne vient taper le carreau derrière lequel on se tient, bien à l'abri, si près du désastre et si éloigné à la fois. Je fis mentalement un pas en arrière pour m'observer. Ça allait. La journée s'était plutôt bien passée, finalement. Je n'avais pas trop souffert. Je n'avais même pas d'ampoules.

Il lisait *Bartleby* ! Décidément, Buster Keaton était un type remarquable. Un couple de touristes, que j'identifiai immédiatement comme russe, patientait devant le comptoir. L'homme et la femme échangeaient entre eux un dialogue rempli de consonnes (le mari portait un tee-shirt aux armes du groupe Heineken-Paris, que même un Hollandais renierait). Buster Keaton ne paraissait pas pressé de s'occuper d'eux. Lorsqu'il me vit passer à leur hauteur, il me fit un petit signe de la main. Vous ne désirez pas de petit déjeuner ? me demanda-t-il. J'avais décidé de le prendre à l'extérieur. *I would prefer not to*, lui répondis-je.

À peine eus-je pris place à la terrasse de ce bistrot, peu fréquentée en ce milieu de matinée, que le serveur vint me demander si c'était pour un petit déjeuner. Je mis un léger temps avant de réaliser ce qui lui avait permis d'être si perspicace. Il m'apporta mes deux croissants et mon café qu'il déposa devant moi non sans me faire comprendre, par un profond soupir, qu'à l'heure où certains se permettaient de se promener encore en pantoufles, sa journée de travail était déjà bien entamée. À en regretter ce bon vieux Buster.

Il s'agissait de me procurer une tenue adaptée à ce qui allait être ma principale activité de l'après-midi, à savoir ma partie de tennis avec Jibé. Je décidai donc de me rendre au magasin Decathlon, situé près de la Bibliothèque nationale de France, quartier de Tolbiac. Cette fois-ci, dans le métro, mes pantoufles ne suscitèrent pas plus que ça la curiosité des voyageurs. Un peu comme si l'humanité entière s'était habituée, avec moi, au port desdites pantoufles. Il n'en fallut pas moins pour que mon esprit se mît à vagabonder, m'imaginant comme le précurseur d'un courant de mode qui lancerait sur les trottoirs, aux quatre coins de la planète, des hommes et des femmes, riches ou pauvres, intellectuels ou manuels, jeunes ou vieux, convaincus d'appartenir à une élite planant au-dessus des autres, portant tous des pantoufles à leurs pieds.

Léo Malet eût été bien en peine de reconnaître le quartier où il avait situé l'action de l'un de ses romans. Pour le coup, Nestor Burma eût pataugé en plein brouillard ! Ça faisait longtemps que je n'avais pas parcouru les rues avoisinant la BNF, me contentant, les dernières fois, de sortir du métro pour m'engouffrer directement dans l'une des entrées de ladite bibliothèque. Le dédale des ruelles avait disparu au profit d'immenses avenues rectilignes ; les immeubles de guingois avaient été supplantés par des blocs énormes et vaguement menaçants. Restaurants aux imposantes terrasses, commerces aseptisés et, point de raison d'en douter, climatisés. Les trottoirs d'une largeur gargantuesque, où soufflaient, par intermittence, de violents courants d'air, présentaient l'unique avantage de pouvoir marcher sans risquer de se faire écraser les pieds. Au loin, les neuf lettres blanches sur fond bleu de l'enseigne du magasin de sport.

J'eus le malheur de demander où se trouvait le rayon des articles de tennis et de préciser qu'il me fallait une tenue complète. La vendeuse que j'avais dénichée au fin fond d'une tente de démonstration, dépliée (la tente, pas la vendeuse ! Elle se tenait plutôt recroquevillée, elle), et qui, de toute évidence, n'avait pas grand-chose à faire, se mit en devoir de m'accompagner dans mes recherches. On va peut-être commencer par les chaussures, suggéra-t-elle. Non, non, un short, un polo, des chaussettes et un sac de sport me suffiront. Peut-être aussi une raquette.

J'avais difficilement pu échapper aux couleurs pétantes. Pourtant très tendance, d'après la vendeuse. Même ma raquette, une GTX Pro 980, affichait un mélange de couleurs à la Andy Warhol. Avec ça, vous aurez un équilibre en tête, avait affirmé triomphalement la vendeuse qui devait penser que, dans mon cas, ce n'était pas du luxe. Nous avions tout de même fait un détour pour parcourir le rayon chaussures (cette vendeuse, quelle rusée !) avant de nous rendre aux caisses. Elle m'avait vanté, au passage, la composition des semelles des modèles présentés, avec bulles d'air pour certaines, gel polyamide ou mousse EVA injectée pour d'autres, qui pouvait m'assurer un maintien de qualité et une parfaite réactivité. J'avais affirmé que la seule chose qui comptât à mes yeux était le côté moelleux de la semelle. J'avais aussi précisé que ma préférence en matière de couleur se portait sur le tissu écossais. S'il y avait une chose sur laquelle je ne voulais pas transiger, c'était bien mes pantoufles !

J'étais fin prêt et je disposais d'un peu de temps avant de retrouver Jibé au club de tennis, situé de l'autre côté du périphérique, près de la Porte d'Italie. Je décidai de m'asseoir sur un banc, tout au bout de l'esplanade de la BNF. De là où je me trouvais, je pouvais apercevoir la cime des arbres sur les quais, la Seine, l'entrelacement des rails de chemins de fer menant à la gare d'Austerlitz. C'était rassurant d'observer ainsi des éléments de la ville que Léo Malet avait pu, lui aussi, en son temps, détailler. Des touristes, en nombre, descendaient la rue Émile-Durkheim pour rejoindre les quais. Se frayant un chemin parmi eux, à contresens, je remarquai un type qui avançait, l'air altier, imperturbable, un Jésus séparant les eaux, sûrement un peu SDF, vêtu d'un survêtement, chaussé de mocassins de ville et portant une sorte de valise ou de gros attaché-case. L'opposition parallèle de nos tenues ne fut pas sans me troubler. Assis sur ce banc, en complet-veston, mes pantoufles aux pieds, mon sac de sport à mes côtés, n'avais-je pas, moi aussi, un peu l'air d'un SDF ? Le titre d'un roman d'Albert Cossery (ce que c'était tout de même de se trouver aux abords de la BNF !) me revint en mémoire, à point nommé, pour me rassurer : *Mendiants et orgueilleux* !

Nous nous retrouvâmes dans les vestiaires. J'étais arrivé avant Jibé et avais préféré, une fois changé, l'attendre près des douches, assis sur un des bancs en plastique installés contre les murs de la salle. Lorsqu'il arriva enfin, Jibé, comme à son habitude, me parut extrêmement excité. C'était l'idée de pouvoir se défouler d'une semaine de travail éprouvante, en m'infligeant une raclée, qui le mettait, à chaque fois, dans cet état de jubilation anticipée.

Immédiatement, il remarqua mes pantoufles. Tu ne vas pas jouer avec ça aux pieds, tout de même ? Ce à quoi je répondis que je souffrais d'ampoules et qu'il n'y avait pas d'autre solution. Lui dire la vérité m'eût obligé à lui donner force explications qu'il eût fallu détailler, justifier, faire avaliser, ce dont je n'avais pas le courage. Les ampoules, cela convenait parfaitement, à condition qu'il ne lui prît pas l'envie de les voir.

La surface du court était en béton poreux que d'aucuns appellent « quick ». Vu comme j'étais chaussé, je décidai de jouer avec délicatesse sur ce quick. Et alors que, d'ordinaire, je me focalisais sur mes frappes (le centrage, l'effet, la force), dès les premières balles d'échauffement, ce furent mes déplacements qui accaparèrent l'essentiel de mon attention. Je n'avais pas envie de bousiller mes pantoufles ! Au lieu de me traîner, aussi englué qu'un escargot, je sautillais comme une gazelle, léger, aérien, très Jean Borotra (le Mousquetaire bondissant aux célèbres espadrilles). Cela eut tout de suite pour effet de déstabiliser mon adversaire qui se mit à multiplier les fautes. Au changement de côté, il se montrait moins volubile qu'à l'ordinaire. Je remarquai, tandis qu'il s'épongeait et se désaltérait, qu'il ne quittait pas des yeux mes pantoufles, hochant la tête à intervalles réguliers, une moue de désapprobation sur ses lèvres. Le score évolua sans que l'un de nous se détachât et nous parvînmes jusqu'au tie-break décisif. Sur le premier point, Jibé m'envoya un service extérieur ultra-puissant que je renvoyai tant bien que mal d'un revers chopé (on ne lifte pas quand on est en chaussons !) et, me voyant complètement déporté, il me glissa une amortie vicieuse à l'angle opposé de ma moitié de terrain. Sur la course que je fis pour aller chercher cette balle impossible, je ressentis soudain l'élan furieux que je portais en moi, comme une paroi qui se déchirait d'un coup, une libération du corps et de l'esprit, une abolition du temps et de l'espace, de celle que connaissent les mourants à l'instant ultime où ils revoient les événements marquants de leur vie, prenant tout à coup conscience de la fulgurance de cette vie perdue au milieu d'un océan d'immobilité. Je ne sentis aucun effort, mon corps devenu incroyablement élastique, et renvoyai la balle de l'autre côté du filet, une contre-amortie imparable sur laquelle Jibé n'esquissa pas le moindre geste. Définitivement déboussolé, il ne fit plus un point et je remportai le tie-break sur le score de sept à zéro.

Jean-Bernard, tout compte fait, ça lui allait bien mieux que Jibé, ne me proposa même pas de boire un verre au bar du club-house. Il préféra s'esquiver au plus vite, tu m'excuseras, j'ai un rendez-vous important, et s'éloigna sans trompette ni tambour (si ce n'était celui de la porte d'entrée), son sac de sport sur l'épaule, aussi abattu que John McEnroe à l'issue de sa finale perdue à Roland-Garros. Ce n'était pas plus mal, après tout. Je me lavai seul dans les douches collectives, sans avoir à me cacher, la bite tranquille et joyeuse.

Une victoire si belle et inattendue avait de quoi chambouler le bonhomme et donnait droit à se faire dorloter un chouïa. D'autant plus qu'il fallait impérativement que je prisse des forces avant d'affronter, le soir même, chez les Berthet, des adversaires que j'imaginais autrement plus coriaces. J'y réfléchis quelques instants, debout, au milieu du vestiaire, sous les regards moqueurs d'une dizaine de gamins venus prendre leur leçon de tennis collective (ils portaient tous des chaussures fluo), et il m'apparut évident qu'en l'état des choses un seul endroit pouvait m'offrir un havre de paix où je pusse recouvrer toute ma sérénité ; en quelque sorte, me remettre sur le pied de guerre. Je décidai donc de rentrer, après un petit détour tout de même par Le Bon Marché pour m'acheter deux liquettes, trois caleçons, une brosse à dents (en charentaises, certes, mais propre !).

La journée a été rude ? me demanda Buster Keaton, sitôt qu'il m'aperçut à mon retour à l'hôtel. Et, pour me faire comprendre ce qui lui avait suscité pareille question, tandis que je m'approchais du comptoir, il fixa ostensiblement mes pantoufles. Elles m'ont l'air d'avoir eu un sacré coup de chaud, poursuivit-il, avec la vague mimique de complicité que lui autorisait son immuable imperturbabilité. Je pris place dans l'un des deux fauteuils qui, avec un guéridon, meublaient le minuscule hall d'accueil. J'enlevai mes pantoufles. Buster Keaton avait l'œil, indéniablement. L'une d'elles, la gauche, bâillait un peu sur l'avant. Je n'en fus pas plus étonné que ça dans la mesure où ma reprise d'appui, à la fin de mon geste de service, se faisait sur la jambe gauche. Je lui trouvais une bonne tête à cette charentaise qui bâillait. Elle avait l'air de se marrer, de se foutre un peu de la gueule de celui qui la regardait de trop près. Ça n'était pas pour me déplaire. Je ne me sentais pas concerné étant donné que, lorsqu'elle était à mon pied, je ne la voyais que de haut.

Je pris un thé accompagné de quelques biscuits (il fallait bien que cela m'arrivât un jour). Buster Keaton me le servit au salon qui jouxtait le hall d'accueil. J'eusse préféré une bonne bière, je n'avais pas osé la commander. Buster Keaton ne m'avait proposé que du thé ou du café avec l'air du serveur à qui l'on ne commande pas de bière. Tandis que mon breuvage refroidissait, me vint à l'esprit une question essentielle à laquelle, étrangement, je n'avais pas encore pensé : devais-je, pour me rendre chez les Berthet, abandonner mes pantoufles ?

Peinard, les panards dans des pantoufles. Je pris la décision de les garder.

J'arrivai, en avance sur l'horaire convenu avec Astrée, devant l'immeuble des Berthet, place Saint-Sulpice. Je décidai d'attendre, en face, assis sur l'un des bancs de la place. Le jour déclinait lentement, repeignait les façades en ocre orangé. Derrière moi, le clapotis de la fontaine jouait un petit air de farandole ; ne manquaient que les joueurs de boules et on se serait cru en Provence. J'aurais bien laissé glisser la fin du jour, comme ça, sans rien faire. D'ailleurs, j'aurais volontiers laissé glisser une multitude de choses. À commencer par le temps. N'était-ce pas un début de sagesse que de parvenir à ne plus brusquer le temps, donner sa chance à la durée, parfaire ainsi son aptitude à accueillir l'événement ? Devenir lent au milieu de la frénésie convulsive des autres. Ne plus jamais lacer de chaussures.

De nombreuses personnes se présentèrent devant la porte de l'immeuble, la plupart en couple, quelques-unes en petits groupes. Elles sonnaient à l'interphone, prononçaient quelque formule magique, sans la moindre hésitation, poussaient la porte et se trouvaient aspirées par l'ombre du hall d'entrée. Sans nul doute, elles se savaient attendues au troisième étage, dans cet appartement dont les deux fenêtres, les seules éclairées de tout l'immeuble, me faisaient penser aux yeux grands ouverts d'un monstre affamé dont la bouche, la porte d'entrée, avalait sans pitié ces lilliputiens. Je consultai l'heure sur mon portable. Trente bonnes minutes s'étaient écoulées. Sûrement Astrée était-elle déjà là-haut, ayant préféré monter sans attendre ma venue. Je quittai mon banc et traversai. Et, alors que je m'apprêtais à me confronter à l'interphone dont j'ignorais la formule magique, un type à l'allure très british, brun, impeccablement peigné, cravaté, long manteau noir, se présenta devant la porte. Me saluant d'un signe de tête, il appuya sur l'une des touches de l'interphone. Une voix nasillarde retentit à l'autre bout :

— C'est Monsieur ?

— Oui.

— Je vous ouvre.

La porte de l'appartement s'entrouvrit sur un visage souriant que je ne connaissais pas. Je me glissai à l'intérieur, le plus discrètement possible, à la suite du convive très british. À peine si l'on me remarqua. Je progressai dans un long couloir, entre des reproductions de Mondrian et des photos de Manhattan (les goûts et les couleurs...), jusqu'au salon où, d'après ce que je pouvais apercevoir à travers les portes vitrées, se tenaient les invités. Les discussions allaient bon train, snobant un Miles Davis bien en peine pour se faire une petite place. Mon apparition dans la pièce ne suscita guère l'attention, les invités, une trentaine, s'appliquant trop à faire semblant de suivre la conversation qu'on leur servait pour se soucier des nouveaux venus (leurs postures, leurs mimiques : de vrais acteurs de série télé !). Le mobilier avait été repoussé contre les murs, un buffet avec force victuailles, installé au fond de la pièce. Je m'y dirigeai pour prendre une coupe de champagne, reconnus au passage quelques visages qu'Astrée m'avait présentés à une époque qui me paraissait extrêmement lointaine. Mais d'Astrée, point.

Il n'y avait aucun doute. Astrée n'était pas venue. Je m'en étais assuré en faisant le tour du salon puis, mine de rien (pouvez-vous m'indiquer où je puis me laver les mains ?), en allant jeter un coup d'œil du côté des toilettes. De retour parmi les invités, j'en étais encore à évaluer si la défection d'Astrée me soulageait ou me chagrinait lorsqu'un type s'approcha tout près de moi (ou du buffet) en jetant de petits coups d'œil furtifs de mon côté (ou du côté des canapés au saumon, je n'en étais pas bien sûr) et me demanda, avec le plus grand sérieux du monde, si, des fois, je n'étais pas un peu « performeur » sur les bords. Histoire de bien me faire comprendre le sens de sa question, il se pencha un peu en avant pour détailler plus à son aise mes pantoufles. C'était un type que je ne connaissais pas. Bedonnant, cheveux gris ondulés, vêtu d'un complet jaune moutarde, un foulard bleu ciel autour du cou. J'hésitai à lui répondre que ma seule performance du jour avait été de battre mon adversaire au tennis à l'issue d'un tie-break rondement mené. Il continua à me parler. C'est très bien, ce que vous faites là. Par les temps qui courent, les artistes ont tendance à moins s'exposer. Ils n'aiment plus prendre de risques. Tenez, l'année dernière, j'en ai même un qui m'a fait faux bond le jour du vernissage (un peu comme Astrée, pensai-je). Mais je ne me suis pas présenté : Otto Stich. Les galeries Stich, c'est moi.

Il avait prononcé cette dernière phrase comme s'il avait dit : « Dieu, c'est moi. » Je ne lui donnai pas mon nom. D'ailleurs, il ne semblait pas avide de le connaître. Il voulait surtout parler de lui, cela se sentait. Après, peut-être viendrait mon tour. J'ai ouvert une nouvelle galerie à Dubaï. J'ai suivi le Louvre, en quelque sorte. À l'avenir, tout viendra de là-bas, j'en suis convaincu. Paris, New York, Londres sont devenues incroyablement ringardes ! Vous y êtes déjà allé, à Dubaï (tu parles si je bâille !) ? Sans attendre ma réponse, il poursuivit sur sa lancée. La semaine dernière, j'y ai vendu un Zontek, cinquante mille dollars. Et il s'en est fallu de peu pour qu'il parte à un prix plus élevé ! Il guettait ma réaction ; aussi, pour lui signifier que je ne prenais pas cette magnifique vente à la légère, je m'envoyai dans le cornet une verrine à la truffe. Je parle, je parle et je ne vous ai même pas demandé si vous exposiez en ce moment ?

J'exposai que je n'exposais pas.

Au milieu de ce petit monde fat et sonore, je reconnus le visage d'une ancienne collègue d'Astrée. Une certaine Hilde. Ou Giulia. Ou peut-être bien Bérénice. Enfin, un truc dans le genre. Autant que je m'en souvenais, hiérarchiquement parlant, elle était dans les sphères supérieures de l'entreprise de prêt-à-porter qui avait employé Astrée. Elle croisa mon regard, me reconnut également, vint à ma rencontre. À l'instar de mon galeriste de Dubaï, elle devait ressentir le besoin irrépressible de parler d'elle. Quelle belle surprise ! Astrée m'avait dit qu'elle passerait, mais je ne pensais pas qu'elle viendrait accompagnée. Je ne la détrompai pas. Trop long de lui expliquer notre séparation. D'ailleurs, je ne l'ai pas vue. Elle se cache ? minauda-t-elle, elle ne veut pas voir ses anciennes collègues. Hilde Giulia Bérénice parlait avec un léger accent. Austro-hongrois, peut-être. Lorsqu'elle se mettait à glousser, ses seins tombants tremblotaient sous le tissu à demi transparent de son chemisier. Deux outres sur le dos d'un dromadaire. Je me demandai si ce chemisier provenait d'une des collections de la marque qui l'employait. Auquel cas, c'était un coup à se faire virer. Elle leva les yeux au ciel, manière de signifier qu'elle cherchait dans sa mémoire. Nous avons fait de bonnes choses, ensemble, avec Astrée. Je me souviens de l'énorme succès de la collection hiver, avec le thème de la Russie. Un carton ! L'idée m'était venue après un séjour à Saint-Pétersbourg. Vous vous êtes déjà rendu en Russie ? C'était étrange, chez ces gens, ce besoin de savoir où l'autre traînait ses guêtres. Je répondis que j'y avais fait quelques incursions, avec des amis, Léon, Alexandre, Nicolas, Anton, Maxime, rencontré une femme très troublante. Anna Karénine. Oh, moi, j'aime voyager seule. Prendre le temps de me poser si ça me chante (en tout cas, la littérature ne devait pas lui chanter souvent).

Venez que je vous présente mon ami ! Mon galeriste, Otto, au trot, venait dans ma direction, suivi de quelques personnes parmi lesquelles se trouvait l'invité très british (enfin, si l'on peut dire, car je lui trouvais finalement une classe tout à fait française, une élégance sans manières). Ah, mon cher, nos amis sont très intéressés par votre démarche ! J'ai tenté de leur expliquer la portée d'une telle performance mais je pense qu'il conviendrait que vous les éclaircissiez sur cette réalisation artistique. Après tout, vous êtes plus à même de nous en livrer tous les enjeux. Otto Stich s'était positionné à mes côtés, face à ses amis, une main passée dans mon dos. Il posait comme un pêcheur fier de sa prise. La sensation était désagréable de se sentir piégé et exhibé comme un vulgaire brochet de huit kilos. Devant moi, cinq paires d'yeux rivés à mes pantoufles. Que faire ?

Jouer le jeu. Après tout, n'éprouvais-je pas le sentiment d'être dans un jeu depuis quelques heures ? Un jeu dont j'étais peut-être en mesure d'arranger les règles à ma convenance. Alors que j'eusse dû connaître le désarroi le plus complet depuis le moment où, sortant de mon appartement, j'avais oublié mes clefs, je commençais à réaliser que les choses ne se passaient pas si mal, après tout. Mes pantoufles, incontestablement, me permettaient de glisser sur les aspérités qui parsemaient le chemin. Il m'apparaissait dorénavant inenvisageable de m'asseoir sur le côté pour me déchausser. Je pensais même tout à fait sérieusement rentrer la partie arrière des talons vers l'intérieur afin de porter mes charentaises comme des savates. L'art, comme une conquête de l'absolu !

J'expliquai à mes interlocuteurs que l'artiste devait se positionner. Faire son choix. Créer, c'était choisir. Et choisir, prendre un risque. L'œuvre ou l'acte. L'exaltation de la beauté plastique ne me suffisait plus. Je privilégiais l'acte, mais en l'affranchissant du devoir de fabrication manuelle pour concentrer la création dans le travail de conception. Il fallait se départir des canons esthétiques et conceptuels. Fini l'art minimal, corporel, pop art, futurisme, néo-dadaïsme, et autre cinétisme. En cela, je me sentais assez proche de Duchamp, qui, en arrachant un produit industriel à sa fonction utilitaire classique pour l'exhiber en tant que pure forme, conduisait justement le regard du spectateur à s'intéresser à cet objet pour lui-même. Mes amis, n'avons-nous pas tous été subjugués par sa fontaine-pissotière ? Le pari de Duchamp était que la présentation de la forme devait déclencher le jeu des représentations symboliques associées spontanément à ces formes. Toutefois, mon propre pari consistait à faire glisser le regard de l'objet à son environnement immédiat afin de faire prendre conscience à autrui de l'incongruité de sa présence, je veux dire la présence de l'objet, pas celle d'autrui (quoique), rassurez-vous, mes amis, votre compagnie m'est des plus agréables (je tenais une de ces formes !), puis de faire évoluer l'objet, avec un parfait naturel, dans cet environnement et permettre ainsi d'en réinitialiser la fonction. Je voulais laisser mon empreinte dans l'histoire de l'art, et j'insistai sur le fait qu'il me seyait assez qu'elle eût la forme d'une semelle de charentaise.

Ils me souriaient tous benoîtement et il ne s'en serait pas fallu de beaucoup qu'ils ne m'applaudissent ; mais leur élan se trouvait freiné par les coupes de champagne qu'ils tenaient en main. Seul l'invité british ne semblait pas du tout faire cas de moi, occupé qu'il était à se dépatouiller avec un noyau d'olive dont il ne savait visiblement pas quoi foutre et qu'il finit par envoyer valser, par un vol plané d'un bon mètre cinquante, dans un vase chinois millénaire. Je me dis que nous avions réussi, mine de rien, chacun de notre côté, un petit exploit.

Pourquoi Astrée n'était-elle pas venue ? La question ne cessait de me tarauder. Se pouvait-il qu'il lui fût arrivé quelque chose ? Ce n'était pas son genre de ne pas se tenir à ce qu'elle avait prévu de faire. C'était même là une de nos dissemblances les plus marquées. Astrée prévoyait, organisait, planifiait, ne laissait aucune place au hasard. Cela la rassurait, ce combat permanent avec l'avenir. Ou alors, peut-être, justement, avait-elle trop bien anticipé le destin et senti que cette soirée ne serait pas à la hauteur de ses espérances ? On s'appelle dans la semaine, de toute façon ? N'est-ce pas ? On déjeune ensemble. Non, ce n'était pas Astrée qui voulait me voir mais mon galeriste, Otto, qui, d'autorité, s'imposait. J'envisage de très belles choses avec vous ! Nous allons donner un grand coup de pied dans la fourmilière, mon cher, je devrais même dire un grand coup de chausson ! Avec un air de conspirateur, il rapprocha son visage du mien et me chuchota : Vous allez voir, nous serons gagnants fifty-fifty. Un affreux effluve me parvint soudainement aux narines, proche du rat crevé dans la gueule d'une hyène affamée. Otto cognotait.

Bertille Berthet, que d'aucuns avaient l'habitude de surnommer B.B. (ne s'était-elle pas mariée juste pour avoir de jolies initiales et aussi, par la même occasion, un croquignolet compte en banque ? La question méritait d'être posée tant Bertille Berthet était, physiquement, un cran au-dessus de son mari), B.B. donc, me fit un signe discret pour m'inviter à la rejoindre à l'autre bout de la pièce. Je m'exécutai.

Elle était brune, rien à voir avec Brigitte Bardot ou Björn Borg.

Astrée m'a appelée, tout à l'heure, pour me prévenir qu'elle ne viendrait pas. Elle avait l'air plutôt, comment dire, déterminée. Je regardais Bertille Berthet qui me regardait avec un air réprobateur. Qu'est-ce qu'elle voulait dire par *déterminée* ? Je lui eusse bien demandé des précisions sémantiques mais je sentais que Bertille Berthet n'eût goûté que moyennement un échange sur le sens et la portée des mots dont elle usait. Je devinais qu'elle eût préféré la présence d'Astrée à la mienne et qu'elle me faisait porter l'entière responsabilité de cette défection. Elle continuait de me regarder fixement, cela dura quelques secondes. Un léger rictus lui déformait le côté gauche de la bouche, preuve que la situation lui procurait, néanmoins, une certaine jubilation. Elle finit par décrocher son regard pour le déposer sur mes pantoufles avant de le récupérer en hochant la tête en signe de dépit. Je lui envoyai alors, en travers de la gueule, l'expression la plus sincère de mon indifférence. Moi aussi, j'étais déterminé. Impassible mais déterminé. Et, allez hop, une autre coupe de champagne !

Après, je n'avais pas bien suivi comment les choses s'étaient organisées, je m'étais retrouvé dans l'auto d'Otto. Je me tenais assis à l'arrière, à côté d'une femme qui, me semblait-il, ne m'avait pas été présentée. À l'avant, Otto conduisait. Une autre femme occupait la place du mort, qui ne cessait de parler, de s'agiter avec de grands gestes, déclenchant des fous rires à répétition chez ma voisine. J'observais, mollement, les lumières des réverbères et des enseignes qui se reflétaient par intermittence sur le cuir des sièges. J'étais un peu barbouillé. Je réfléchissais, entre deux eaux, j'hésitais. Vers laquelle des deux femmes allais-je me pencher si d'aventure il me prenait l'envie de vomir et que je ne parvinsse pas à ouvrir ma vitre à temps ? Fort heureusement, le trajet fut assez court et Otto gara la voiture dans une petite rue calme, en pente, assez sombre mais au débouché de laquelle, quelque cent mètres plus loin, on pouvait percevoir les lumières et la rumeur d'un grand boulevard. Vous allez voir, nous allons nous amuser comme des petits fous ! s'exclama Otto en se lançant sur le trottoir. Je suivis la troupe, tout en me demandant pourquoi j'avais accepté de me joindre au groupe. Car on m'avait certainement demandé si je voulais venir et j'avais dû répondre par l'affirmative. La seule image qui me revenait à l'esprit était, lors de notre départ de l'appartement, celle du convive très british qui m'avait adressé un petit salut discret de la main. Il se tenait en retrait dans le couloir, occupé à délacer ses chaussures vernies. Peut-être avais-je fait un adepte ?

Nous atterrîmes dans une boîte de nuit presque déserte, quatre ou cinq couples seulement sur la piste de danse, enlacés, se traînant au son d'un slow démodé des années soixante-dix, le genre de slow qui n'existe que dans le nord de l'Amérique ; mais c'était tout simplement le leur. On était bien loin d'une aquarelle de Marie Laurencin. Otto semblait être un habitué des lieux car le serveur du bar le salua avec connivence. Nous nous installâmes dans une alcôve pourvue d'une banquette arrondie en velours grenat, un peu en retrait. Otto à l'une des extrémités, moi à l'autre, les deux femmes qui nous accompagnaient (dont je n'avais pas mémorisé les prénoms et que j'affublai intérieurement des surnoms de Brune et Blonde), toujours en train de pouffer, au milieu. Otto commanda du champagne sans même nous demander si nous eussions préféré autre chose. Je remarquai qu'aux murs étaient accrochées de nombreuses photographies rétro, en noir et blanc, représentant des couples en train de se livrer à des ébats qui, certainement, n'avaient guère à voir avec l'amour mais beaucoup plus avec le sexe. Ce fut à ce moment précis que je compris que nous nous trouvions dans une sorte de boîte échangiste.

Oh, mais qu'il est drôle avec ses shoes de grand-père ! s'exclama Brune au moment où le serveur nous apportait notre bouteille (plongée dans un seau à glace en forme de lapin rose, précisément dans le fondement dudit animal, quel bon goût !). J'esquissai une légère crispation de la mâchoire, un semblant de sourire ; mais la remarque m'agaçait. Comparer mes charentaises à des « shoes de grand-père », tout de même ! Alors que je commençais à leur porter de la considération, à ces pantoufles, pour ne pas dire une certaine tendresse, voilà qu'une fille à l'allure des plus vulgaires se permettait de les snober. Si seulement elle avait fait preuve d'un peu de finesse. En jouant de l'allitération par exemple. Oh, mais qu'il est chou avec ses shoes ! Heureusement, Otto vint prendre la défense de mes pantoufles en expliquant à

Brune que, tu sais ma chérie, c'est la quintessence de la sublimation de l'objet, la dérive de celui-ci dans le champ du réel le plus trivial pour l'amener à quitter ce réel et parvenir au statut d'œuvre d'art. J'aimais la manière avec laquelle Otto venait de traiter mes pantoufles. Ça avait de la gueule. Brune ne se démonta pas pour autant et lança à la cantonade que ce qu'elle préférait dans l'art, c'était surtout les artistes. Nous en avons un immense en devenir à nos côtés ! conclut triomphalement Otto, qui ne semblait pas vouloir s'étendre sur le sujet plus longtemps et qui, à en juger par le tripotage en règle qu'il faisait subir à la pauvre Blonde, eût préféré s'étendre sur autre chose.

Sur la piste de danse, c'était de plus en plus langoureux et déshabillé. Une femme avait enlevé sa robe dont le peu de tissu, pourtant, ne devait pas tenir bien chaud, et se déhanchait en string et soutien-gorge noirs entre deux hommes qui tentaient (assez maladroitement, je trouvais) de suivre le mouvement de balancier de ses fesses. Ils avaient gardé leurs vêtements, chemises, pantalons, chaussures, ce n'étaient, de toute évidence, pas des artistes.

Tu viens, on danse ? me proposa Brune tout en zieutant Otto qui s'entêtait à tâter les tétés d'à côté.

Je ne pus opposer la moindre résistance.

Elle me tira par la manche et je me retrouvai, ni une ni deux, sur la piste de danse. Brune se positionna face à moi et commença à tortiller du croupion sur la musique d'un tube disco des années soixante-dix où il était essentiellement question de naître pour être vivant. Après être resté quelques secondes parfaitement immobile, non ce n'était pas le meilleur moyen de m'en sortir, je décidai de me trémousser moi aussi. Et ce fut une curieuse sensation, je trouvai, de marquer le rythme disco, les pieds dans la laine moelleuse. Ça avait un côté très Motown.

Tu es extrêmement magnétique, on te l'a déjà dit ? me glissa Brune, en rapprochant son visage du mien. Enfin, crus-je entendre. Avec les décibels que vomissait la sono, je n'étais pas sûr. Elle avait tout aussi bien pu dire, tu es extrêmement sympathique, énergique, hypnotique. Ou encore, érotique, maléfique, authentique, excentrique, olympique, hygiénique, enfin, quelque chose dans le genre. À mon grand regret, ça ne pouvait être aristocratique, trop de syllabes. Quelque chose me disait que ce n'était pas non plus démotique. Elle me souriait avec un de ces petits airs entendus, son regard ne cessait de faire le va-et-vient de mon visage à mes pantoufles. Visiblement, elle attendait de moi une réaction. Là était le hic.

Blonde et Otto vinrent nous rejoindre. Ça commençait presque, il fallait bien en convenir, à se bousculer sur la minuscule piste de danse. Nous étions sept dorénavant. Otto s'était positionné entre Blonde et Brune. Avec ses pieds, il tentait de suivre le rythme chaloupé de la danse lascive exécutée par les deux femmes. Quant à ses mains, elles se baladaient un peu partout. J'avais du mal à les suivre, j'eus même la nette sensation qu'elles m'effleuraient par moments.

Bon, ce n'était pas le tout. J'avais fermement l'intention de garder mon pantalon, moi. Je profitai de la diversion offerte par Blonde et Otto pour esquisser quelques pas chassés vers la banquette (très pratiques, les chaussons, pour ce genre de figure) et y reprendre ma veste. Otto, qui affichait un look des plus débraillés, me lança un regard dans lequel je lus une certaine réprobation. Je m'inclinai légèrement, le sourire désolé, désignant du doigt ma montre-bracelet, du moins le poignet où elle aurait dû se trouver car je n'en portais pas, afin de lui signifier que son nouvel ami (il m'avait présenté à tout le monde en tant que tel) ne dédaignait pas sa compagnie, ni celle de Blonde et Brune ; mais qu'il se faisait fort tard et qu'on avait largement dépassé l'heure raisonnable de se coucher, pour un artiste en devenir.

Dehors, je fus immédiatement saisi par la fraîcheur de la nuit bien avancée. Une petite laine n'eût pas été superflue. Je frissonnai, la chair de poule rendant presque douloureux le contact des vêtements sur mon corps. Il n'y avait que mes pieds, finalement, qui se trouvaient à bonne température. *La charentaise, l'idéal pour vos sorties de boîte de nuit, au petit matin.* Avait-on seulement, un jour, pensé à pareil slogan publicitaire ?

Je remontai le boulevard de Clichy en direction de la place du même nom dans l'espoir d'apercevoir un taxi. Les trottoirs puaient le désenchantement et la capitulation, faute de combattants. Les rabatteurs des sex-shops et des bars à strip-tease s'étaient fait une raison. La plupart m'ignoraient, blottis dans le renfoncement d'une porte d'entrée ; quelques-uns tentaient vaguement leur coup, m'agrippaient par l'épaule, comme des diables à ressort surgissant de leurs boîtes, avant de laisser tomber en jetant un regard plein de dédain à mes pantoufles. Dans la nuit, elles n'offraient plus l'aspect chaleureux et rassurant que leur conférait la laine colorée en plein jour ; n'étaient perceptibles que les lignes noires du quadrillage écossais, comme les barreaux d'une prison. Là, sur le bitume poisseux du boulevard de Clichy, au milieu des crachats et des mégots, elles me faisaient de la peine, ces pantoufles. Je me les remémorais, superbes et triomphantes, posées au pied de mon lit, dans la douceur ouatée de mon appartement. J'étais triste.

Et Astrée s'imposa à moi, d'un coup, les cheveux teints en bleu, en rouge, au gré du clignotement des enseignes des sex-shops. Je la reconnus sans hésitation même si, avec la nuit, je ne distinguais guère les traits de son visage. Que pouvait-elle penser de moi, à me voir traîner sur ce trottoir, en pantoufles ? Que pouvait-elle ressentir ? De la pitié, de la compassion ? J'avais du mal à me persuader que ce fût de l'amour. Nous devions avoir impérativement une discussion, mettre tout à plat, repartir du bon pied (et celui-ci n'était sûrement pas chaussé d'une pantoufle).

Je t'emmerde, pauvre connard ! La réplique m'était tombée sur les épaules, comme un coup de massue, effaçant instantanément le mirage d'Astrée. Et je ne savais pas ce qui me choquait le plus, de la vulgarité des mots employés, de la violence soudaine avec laquelle ils avaient pollué le trottoir ou bien du fait qu'ils avaient interrompu ces retrouvailles – même imaginaires – avec Astrée. Je me retournai pour voir d'où pouvait provenir cette sortie agressive et me retrouvai quasi nez à nez avec un type hirsute, à l'haleine avinée, un vrai

Boudu, qui me fixait de ses gros yeux exorbités. Il n'y avait aucun doute possible, c'était à mon endroit qu'était dirigée l'insulte. T'entends ? Je t'emmerde, pauvre connard ! Je renonçai à faire savoir à mon interlocuteur que j'avais déjà parfaitement saisi la teneur de son message, préférant lui tourner le dos pour passer mon chemin. Il m'agrippa par l'épaule et me tira en arrière, m'obligeant à subir de nouveau son haleine fétide. Les petits bobos comme toi vont pas faire la loi ! Tu te crois très fort sur ton balcon. À hauteur d'homme, y a plus personne ! Je ne comprenais rien à son histoire. Il était devenu incontournable que nous eussions une explication claire avec l'individu. Vous devez faire erreur sur la personne, cher monsieur. Je ne vois absolument pas de quoi vous voulez parler. Je me surpris moi-même à montrer tant de courtoisie après pareille agression (l'effet pantoufles, très certainement). Le type ne semblait pas vouloir se calmer ; au contraire, il renchérit. Tiens, fais genre que tu comprends pas ! Je sais que c'est toi qui m'as vidé ta bassine sur la gueule. T'as même pas eu le temps de mettre tes pompes. Alors comme ça, tu veux pas qu'on touche à tes poubelles ? Il recula d'un pas, comme s'il voulait prendre son élan. Il commençait à me faire peur. Avec un geste théâtral, il saisit, à main droite, la poubelle et l'envoya valdinguer sur le trottoir. Le contenant libéra la moitié de son contenu devant mes pieds et me laissa quelque peu décontenancé. Encouragé par ce résultat, l'individu ne s'arrêta pas en si bon chemin. Il serra les poings et se rapprocha de moi, l'air menaçant. J'essayai une ultime tentative pour le raisonner. Mais enfin, vous voyez bien que je ne suis pas animé de mauvaises intentions (ça ou pisser dans un violon). Je ne vis pas le coup partir et reçus en pleine figure ce que je devinai être son poing. Sous l'effet du choc, je reculai de quelques pas ; il en profita pour m'asséner un autre coup, de pied cette fois-ci, dans le tibia. Ce dernier geste le déséquilibra, il glissa sur la flaque d'un liquide échappé de la poubelle et chut sur son séant. J'amorçai ma fuite, me félicitant peut-être un peu trop vite de l'efficacité, que dis-je, de l'intelligence de mes semelles antidérapantes (elles avaient glissé au Louvre, tenaient le pavé à Pigalle !), lorsqu'il m'attrapa la cheville et me fit tomber à mon tour. Il se jeta sur moi, m'écrasant de tout son poids ; nous roulâmes au milieu des détritus. Un avertisseur deux tons et les éclats bleus d'un gyrophare m'informèrent que ce mauvais moment allait trouver sa conclusion.

Je n'eus guère la possibilité de m'expliquer et me retrouvai, ni une ni deux, à l'arrière d'une voiture de police, avec un gardien de la paix assis à ma droite, deux autres à l'avant. Mon agresseur avait été pris en charge (dixit les flics) dans un autre véhicule, c'était déjà ça. Nous roulâmes à vive allure et débarquâmes, ni trois ni quatre, dans un commissariat que j'imaginais être celui du dix-huitième arrondissement. Et alors que je pensais passer par l'accueil, avec un comptoir, une machine à café, des paroles réconfortantes, on me fit entrer par une porte latérale puis prendre deux couloirs, un escalier, petite halte dans une pièce à l'éclairage blafard où un autre gardien de la paix, un peu débraillé, celui-ci, nous réceptionna (c'est la bagarre entre SDF ?) et me demanda de vider mes poches et d'enlever ma ceinture, mes lacets (ah, non, il n'a pas de lacets !), avant de me pousser dans une nouvelle pièce qu'il me fallut bien me résoudre à considérer comme une cellule. J'étais au gnouf.

Je passai là quelques heures, assis, allongé, debout, sans dormir (mes pensées essentiellement tournées vers Astrée, à supplier le dieu des geôles que je pusse la revoir au moins une fois avant mon exécution), seul, dépité, accroché comme à une bouée à mes pantoufles dont la douillette doublure intérieure, pure laine, était le seul réconfort entre ces quatre murs froids et durs. *La charentaise, l'idéal pour passer de bonnes nuits en cellule de dégrisement.* Autre slogan possible.

Il était un peu plus de six heures du matin lorsqu'on vint me chercher. Les gardiens de la paix me semblaient un peu plus en paix avec le monde. On avait eu la délicate attention de me préparer un café servi dans un gobelet en plastique, accompagné de deux biscuits Pépito (alors que le monde entier était passé au Granola, c'était bien la police, ça !). On me remonta jusqu'aux bureaux où je fus accueilli par un policier en civil, armé tout de même d'un pistolet, dont l'énorme crosse dépassait d'un holster de ceinture. Asseyez-vous. Alors qu'est-ce qu'il vous est arrivé, cher monsieur ? Tandis que je lui expliquais mes déboires, il regardait ma carte d'identité, un peu comme s'il essayait de l'apprendre par cœur, puis finit, dépité peut-être devant ses difficultés de mémorisation, par me la rendre. Faut dire, à vous balader en savates, rien d'étonnant à ce que les collègues de nuit vous aient pris pour un SDF, ajouta-t-il avec un petit sourire narquois. Visiblement, il n'avait pas l'air décidé à me présenter des excuses. Ça vous prend souvent de sortir de chez vous déguisé ? Je faillis lui répondre que cela ne m'arrivait que lorsque ma compagne disparaissait (je répugnais à employer le terme *quitter*), mais je réalisai assez vite que le verbe *disparaître* n'était pas terrible, surtout avec un policier à l'air obtus devant soi. Je suis un peu étourdi, en ce moment, finis-je par concéder. Il rigola franchement puis, après quelques formalités supplémentaires, il me raccompagna jusqu'à la sortie. Ce ne fut qu'une fois sur le pas de la porte que je m'aperçus que ce con portait des santiags.

Le retour à l'hôtel me fut particulièrement pénible, la charentaise fatiguée et mollassonne.

En ce dimanche matin, ce n'était pas Buster Keaton qui officiait à la réception mais une jeune femme – ça m'avait tout l'air d'une étudiante –, maigre, avec de longs cheveux blonds attachés en queue-de-cheval, un nez étroit et busqué, des lunettes rondes à fine monture métallique. Je la saluai et passai devant le comptoir, tout en gardant l'air le plus naturel du monde dans l'espoir de ne pas me faire remarquer. Cela ne marcha qu'à moitié car je l'entendis me héler dans mon dos. Monsieur, on a laissé ça pour vous ! Elle me tendait une enveloppe. Vous devez faire erreur, lui dis-je. Elle insistait, le monsieur de la 13 avec des pantoufles, c'est bien vous, non ?

Allongé sur le lit, j'ouvris l'enveloppe. Elle contenait deux feuillets. Le premier portait un mot de quelques lignes d'une écriture manuscrite, légèrement tremblotante. *Bonjour, j'espère qu'il ne vous est rien arrivé de grave. Je reprendrai mon service lundi mais passerai à l'hôtel en fin de matinée. Je porte à votre connaissance le fruit des quelques recherches auxquelles je me suis livré sur le Net. Bien à vous.* C'était signé : *Le réceptionniste.* Le deuxième feuillet avait un contenu beaucoup plus copieux, tapé à l'ordinateur en Times New Roman.

La charentaise est apparue à la fin du XVIIe siècle concomitamment avec la fortification de la ville de Rochefort par Colbert. On la fabriquait à partir des rebuts de feutre utilisé pour la confection d'uniformes militaires. L'Administration royale s'oriente vers Angoulême et ses moulins à eau pour fouler la laine et fabriquer du feutre, les chutes et les rebuts des pèlerines de la Marine royale étant recyclés par les cordonniers-savetiers pour fabriquer les premières charentaises. Celles-ci sont noires avec le dessus en laine, la semelle en feutre, sans pied droit ni pied gauche pour en faire un usage durable. La charentaise se développe également au XVIIe siècle à partir de rebuts de feutre de papeterie utilisé dans l'industrie papetière implantée sur la Charente et sur ses affluents, dans la région d'Angoulême. Au début, on utilisera ce type de pantoufles en les glissant, pour plus de confort, dans les sabots pour remplacer la paille, la languette des charentaises ayant pour fonction originelle de protéger le cou-de-pied du contact du bois. Par la suite, un cordonnier de La Rochefoucauld aura l'idée de poser une semelle rigide sous la pantoufle. Au XVIIIe siècle, ces pantoufles tout en feutre servent aux domestiques pour cirer les parquets des châteaux. La véritable charentaise apparaîtra au XXe siècle, précisément en 1907, grâce au docteur Jeva qui invente le collage du feutre et fabrique des pantoufles aux couleurs vives et aux décors de type écossais, dans son usine près de La Rochefoucauld. Cette charentaise se verra portée toute seule à partir du XXe siècle. Aujourd'hui, exportée aux quatre coins du monde, elle connaît un véritable succès. Pour l'anecdote, les charentaises ont longtemps été appelées *les silencieuses*. Ce surnom vient du fait qu'elles étaient portées par les valets. Elles leur permettaient de se déplacer sans bruit dans la chambre de leur maître. Les bijoutiers en ont également porté, les incinérant une fois usées pour récupérer les particules de métaux riches. Le Musée de la charentaise et des tisserands se trouve au château de Varaignes, en Dordogne. On y montre toutes les étapes de la fabrication d'une paire de charentaises.

Bon.

On frappait à la porte de ma chambre. Je consultai l'horloge de mon portable. J'avais dormi trois bonnes heures. On insistait, j'allai ouvrir, un peu à contrecœur. C'était Buster Keaton. Toujours impassible, mais néanmoins fort courtois, il s'excusait de me déranger. Il s'était inquiété, ne me voyant pas rentrer à l'hôtel, la veille au soir. Je le rassurai en invoquant une soirée tardive entre amis. Il resta quelques secondes silencieux, puis, n'y tenant plus, comme impatient de voir ma réaction, m'invita, d'un signe du doigt, à constater la manière dont il était chaussé. Il portait, j'en fus à la fois surpris et amusé, une magnifique paire de charentaises rouges (il ne faisait pas dans la demi-mesure, le bougre !). Voilà, vous avez fait un adepte, dit-il, la voix enjouée.

Buster Keaton me proposait de l'accompagner à une partie de pêche sur les bords de Marne. Une partie de pêche ? Grand dieu, et pourquoi donc ? Il m'expliqua qu'il se sentait des atomes crochus avec moi. Il appréciait ma façon d'ignorer la voie tracée, lui préférant un chemin de traverse. La société d'un homme comme moi devenait rare, voire inespérée ; il ne fallait pas s'en priver. Il me promettait une journée hors du temps, dans un havre de paix. Alors, ça vous dit de taquiner le goujon ?

Et nous voici débarquant du bus 108, avec

nos deux gaules, nos bourriches, au bout de l'avenue Cornélius-Farouk, à Champigny-sur-Marne, encore un peu agacés, fatigués, par les gloussements moqueurs que nous avions eu à subir, durant notre trajet en RER, de la part des deux adolescentes à capuche avachies sur la banquette en vis-à-vis. On ne pouvait pas dire que le quartier affichait un visage très riant. Nous cheminions dans une rue bordée, d'un côté, par des immeubles récents entre lesquels s'inséraient, comme des dents gâtées dans une mâchoire refaite, de vieux pavillons aux façades décrépies, et de l'autre, par un talus coiffé d'épis en forme de caténaires, trahissant la présence d'une ligne de chemins de fer. Le bout de la rue nous offrit un décor plus réjouissant, qui débouchait sur les quais de Marne. Nous longeâmes la rivière sur une centaine de mètres et parvînmes devant une passerelle qui menait à une île. *L'île du colvert*, c'était écrit sur un panneau indicateur. Pas besoin de Charon pour rejoindre le paradis ! lança Buster Keaton en me précédant sur la passerelle. Le ruban épais et verdâtre qui coulait sous nos pieds ne me paraissait guère plus attrayant que les eaux du Styx. Allez, va tout de même pour le paradis ! Je lui emboîtai le pas.

L'île semblait inhabitée et le contraste avec la surenchère de constructions sur les deux rives de la Marne était saisissant. Un silence obstiné répondait à l'agitation de la ville que l'on venait de quitter. Seule la présence d'une guinguette – elle portait le nom de *Gai-Logis* –, perdue au milieu des arbres, rappelait la civilisation toute proche. Elle paraissait peu fréquentée et seulement quelques échos de voix mêlés à de l'accordéon parvenaient à se faufiler jusqu'à nous. Pour le reste, on eût pu croire que le monde venait d'être créé. Végétation abondante et anarchique, saules, ronces, iris sauvages. Quelques oiseaux chantaient. Rouge-gorge, me précisa Buster Keaton, pointant son doigt vers le ciel. Un paradis, oui, mais qu'un train de marchandises passant sur le viaduc non loin, avec sa théorie de wagons ferraillant, se chargea, hélas, de remettre à sa place.

Nous empruntâmes le chemin qui suivait la berge, jusqu'à nous retrouver sur une manière de grève – en fait, juste un élargissement du sentier – qu'il était plaisant d'imaginer comme une plage destinée à accueillir les naufragés de la tempête urbaine. Nous n'étions pas seuls. Deux Robinsons, justement, se trouvaient déjà là, le cul confortablement installé sur des pliants, leurs gaules plantées à côté d'eux. Lorsqu'ils nous aperçurent, ils se levèrent pour venir au-devant de nous et nous saluer.

Ils embrassèrent Buster avec affection, me dévisagèrent en silence. J'étais certain qu'ils avaient remarqué la manière dont nous étions chaussés, mais ils ne manifestèrent aucune surprise. Ils avaient l'air de trouver normal de croiser deux types en pantoufles sur les bords de la Marne. Il faut dire, l'un des deux n'était pas mal non plus, dans son genre, qui portait une redingote à la mode des années vingt. Buster fit les présentations. Et cela, d'une façon qui ne manqua pas de m'étonner. Voici deux farfelus, mon cher. Maître Jadis et Maître Carpe. Puis il me désigna à eux, avec un brin de fierté dans la posture. Messieurs, je vous présente la personne qui pourrait bien devenir un futur confrère. Visiblement, il leur avait déjà parlé de moi et celui des deux qui avait été surnommé Maître Jadis (l'homme à la redingote) me tendit la main en lâchant un « très honoré » des plus sonores. L'autre méritait son surnom, il resta muet comme une carpe tandis qu'il me serrait la main.

Il fut décidé que nous allassions boire un petit apéritif à la guinguette – les goujons pouvaient bien patienter un peu. Nous nous installâmes en terrasse. On déjeunait déjà aux quelques tables qui étaient occupées. Trois ou quatre couples, une famille de touristes belges (ils étaient de Liège, les entendis-je dire au patron qui leur confia adorer Georges Simenon). La serveuse vint prendre notre commande, alors qu'est-ce que je sers à ces messieurs de la confrérie ? Quatre absinthes, annonça d'autorité Maître Jadis alors que je m'étais plutôt fait à l'idée de tremper les lèvres dans la mousse onctueuse d'un bon demi. Je sentis néanmoins qu'il eût été mal vu de modifier la commande. Je me laissai faire.

La Confrérie des Farfelus, mon cher, c'est le nom de notre petite communauté. Elle fêtera ses dix années d'existence dans quelques mois. En décembre, précisément. L'idée m'est venue alors que je me trouvais dans une galerie marchande, à faire mes emplettes pour Noël. Un voile passa dans les yeux de Buster Keaton. *Jingle bells, jingle bells !* Après quelques secondes de téléportation, il reprit son récit. Je me revois très bien. Je faisais la queue à la caisse d'un magasin de jouets, les bras chargés de cadeaux pour mes neveux et nièces. Poupées, camion de pompier, vaisseau spatial. Nous étions une bonne quinzaine, ainsi, à nous suivre en file indienne. Il faisait incroyablement chaud dans ce magasin et les haut-parleurs nous balançaient des chants de Noël, version techno avec voix nasillardes. Quand j'y repense, un enfer ! Là-bas, derrière sa caisse, une employée s'affairait du plus vite qu'elle pouvait mais, la pauvre, paraissait avoir du mal à tenir la cadence. Mécaniquement, elle scannait les codes-barres, elle dépliait un sac plastique pendant que le client préparait son moyen de paiement, fourrait le tout dedans, sortait le ticket de caisse. Elle s'efforçait ensuite d'afficher le sourire commercial de rigueur et finissait par les deux mots que je parvenais à lire sur ses lèvres : joyeux Noël. Juste avant que ne vienne mon tour, le gérant du magasin, un gros type boudiné dans un costume d'adjudant-chef, est venu lui faire une réflexion. Quelque chose vraisemblablement de peu agréable car la pauvre gosse en avait les larmes aux yeux. Le gros s'en est retourné au fond du magasin, avec un sourire de jubilation au coin des lèvres. Oui, de la jubilation, je n'exagère pas. Et devant moi, la gamine toute décomposée qui encaisse comme elle peut le coup et le client qui me précède. Même mécanique. Scan et tout le toutim. Et le sourire. Le pauvre sourire forcé pour terminer. Ce sourire qui devait être exigé auprès des employés lors de réunions de briefing. J'en aurais chialé. Mais je crois bien que j'étais le seul dans la file à me rendre compte de tout ça. Les autres attendaient leur tour, pensaient à leurs achats suivants. Il n'y avait que ça qui les préoccupait. J'ai déposé à mes pieds le camion de pompier et le vaisseau spatial, coincé les deux poupées par-dessus. J'ai tout laissé en plan et je suis parti, bien décidé à ne plus jamais sourire ou, du moins, uniquement lorsque j'en éprouverais véritablement l'envie. C'était la seule manière que j'envisageais pour montrer ma réprobation, marquer mon opposition à ce jeu de rôles que j'avais accepté durant trop d'années et que je trouvais subitement désespérant et insupportable.

La serveuse nous apporta les consommations, servies dans de minuscules verres à pied démodés, dont la transparence tirant sur l'opaque témoignait de leur ancienneté. Je me demandai si cela n'était pas une attention destinée à l'homme à la redingote, Maître Jadis. Buster trempa à peine ses lèvres dans le liquide verdâtre et poursuivit son récit. Il expliqua qu'il lui avait paru évident que tout seul il ne pouvait rien faire. Alors il s'était mis à traquer les hommes qui, par leur comportement, s'écartaient du troupeau. Et c'est comme ça que, dans le métro, il était tombé sur un étrange individu. Il pointa du doigt son voisin, Maître Jadis. Avec son chapeau melon et sa veste d'un autre siècle, il tranchait. Au début, il n'avait pas osé nourrir trop d'espoir. Cela aurait tout aussi bien pu être un acteur de théâtre n'ayant pas eu le temps de se changer.

Mais, non, c'étaient ses habits de tous les jours ! Ils avaient rapidement sympathisé. Et cet homme lui avait expliqué qu'il avait décidé, un jour, de s'arrêter à 1933, de ne plus s'occuper de ce qui s'était passé après. D'un geste de la main, Maître Jadis interrompit le récit de Buster Keaton. Il prit son temps pour trouver les mots justes, comme s'il lui avait paru extrêmement important d'être bien compris. Je ne vous apprendrai rien en vous disant que l'ignominie a pris le pouvoir cette année-là, avec le consentement des hommes. Alors à quoi bon aller plus loin ? Pour moi, le train s'est arrêté en 1933. Tout ce qui vient ensuite, je préfère l'oublier. Certains trains surtout…

Buster Keaton m'expliqua que Maître Carpe avait décidé de ne plus parler le jour où il avait lu le proverbe arabe : « Si ce que tu as à dire n'est pas plus beau que le silence, alors tais-toi. » En ce qui le concernait, Buster Keaton était surnommé Maître Masque. La Confrérie des Farfelus comptait quelques dizaines de membres, au sein desquels on trouvait un Maître Philo, un Maître Bouffe, un Maître Apollinaire, un Maître Rat, un Maître Blague, un Maître 68 (siégeant à l'Assemblée, me fut-il précisé). Je les voyais venir avec leurs gros sabots, ils allaient vouloir m'introniser Maître Pantoufle !

Ce serait un geste hautement symbolique, mes chers amis, que de ne plus nous chausser, désormais, qu'avec des pantoufles. Buster Keaton avait pris un ton particulièrement solennel pour prononcer cette dernière phrase. Ce serait une manière de réaffirmer notre volonté de nous démarquer, de ne plus marcher comme un seul homme. Il nous faut donner à nos actions premières une nouvelle impulsion. Que celle-ci se fasse par le truchement de la souplesse et du confort de semelles en feutre me semble une bonne chose pour notre confrérie. Qu'en pensez-vous ? Nous pourrions mettre ce point à l'ordre du jour de notre prochaine assemblée. Excellente idée, mon cher Maître Masque, dit Maître Jadis ; d'autant plus que la pantoufle est, en 1933, utilisée depuis déjà fort longtemps. Ils se tournèrent tous les deux vers Maître Carpe qui acquiesça d'un sourire. Alors, trinquons aux pantoufles, mes amis !

Bon, ces goujons, on s'en occupe ? lança Maître Jadis, au terme de l'apéritif, après qu'il eut regardé une dernière fois son verre pour se confirmer l'absinthe absente.

Nous retournâmes sur la plage où ils avaient laissé, en toute confiance, leurs pliants et leurs gaules. Avec des gestes qui fleuraient bon l'habitude (ça vous avait un petit effet comique, ces trois types qui s'affairaient, parfaitement synchrones !), les trois Maîtres de la confrérie déplièrent une grande nappe à carreaux puis commencèrent à y déposer les victuailles qu'ils avaient apportées – c'était à celui qui sortait le plus de choses de sa besace ! – pour un casse-croûte monstrueux au bord de l'eau. J'aurais bien aimé préparer ma tourte aux cèpes, s'excusa Buster Keaton ; mais je n'avais plus de réserves, j'ai fini mon dernier bocal de champignons pour notre réunion de la semaine passée. De mon côté, je regardai ce qu'il y avait déjà sur la nappe. Nous ne risquions pas de mourir de faim. Quiches, saucisses, poulet, rôti de porc, salades diverses, fougasses, aux anchois, à la tomate, pâtés et terrines, et même (je me demandai si ce n'était pas un clin d'œil à destination des poissons de la Marne) de la truite en gelée.

Et nous pêchâmes tout l'après-midi dans un silence religieux seulement interrompu par la conversation des colverts, nourris avec nos restes de pain et les quelques échanges entre Buster Keaton, Maître Jadis et moi, nourris (les échanges, pas nous) par des sujets aussi divers que les frémissements d'un renouveau en batellerie, l'incroyable créativité des ingénieurs de la firme Citroën, B2 – Maître Jadis n'alla pas plus loin –, Traction, 2 CV, DS, l'étude comparée du couteau de Thiers et du couteau de Laguiole d'où il ressortit que le premier susnommé, avec sa fabrication solide et traditionnelle, ne méritait pas cette désaffection de la part des bobos parisiens – Maître Jadis ne voyait pas de qui l'on parlait –, lui préférant le second qui n'avait pourtant, lui, plus grand-chose d'authentique, sujet à l'origine d'un petit événement que fut la prise de parole de Maître Carpe pour nous dire que, finalement, un couteau suisse, c'était moins cher et autrement plus efficace. Pour ma part, je ne pouvais que souscrire à cet avis, ayant auparavant trouvé bien utile la minuscule pince à épiler du couteau suisse de Buster Keaton quand il s'était agi de m'enlever une écharde que la manipulation d'un des paniers à pique-nique en osier m'avait collée dans la paume de la main gauche.

Deux tanches, trois goujons, une vieille basket Nike Air Trainer et ce fut tout. Nous pliâmes les gaules. Avant de nous séparer, Maître Jadis me demanda s'ils pouvaient espérer me revoir prochainement, voire si j'acceptais de devenir membre de la Confrérie. Je leur fis part de la plus haute considération et du respect que m'inspirait leur démarche, du fait que j'étais évidemment flatté par leur proposition, et je les assurai de mon entière adhésion, ce qui, à en juger par le « oh » d'exclamation poussé par Maître Carpe, les enchanta au plus haut point. Nous allons pouvoir rayonner autour de nous, exulta Buster Keaton (pardon, Maître Masque !). Grâce à vous, nous avons trouvé notre signe de ralliement. D'aucuns se réclament de l'équerre et du compas ; il nous fallait un symbole fort pour exprimer notre refus de marcher en suivant le troupeau. Cher ami, vous nous l'avez offert. Ce sera la pantoufle ! Nous vous devrons beaucoup. Merci de tout cœur et bienvenu dans la Confrérie !

Sur le coup des dix-huit heures, les poissons retrouvèrent leur quiétude ; Buster Keaton et moi, notre RER. Et le trajet retour se fit, les oreilles encore tout emplies du silence enveloppant offert par l'ondée verte, l'humeur euphorique et, contrairement à l'aller, sans la moindre petite conne à l'horizon, le moral gonflé par le rêve d'un monde universellement chaussé de pantoufles.

Je rentrai seul à mon hôtel, Buster ayant pris congé à la station Nation. Il avait décliné mon invitation à dîner, prétextant vouloir rentrer chez lui avant vingt heures quarante-cinq. Sur Arte débutait un cycle Tod Browning qu'il n'aurait raté pour rien au monde. (Browning, c'est quand même percutant, me dit-il.) Je passai la soirée dans ma chambre à relire *Bartleby* que ce cher Buster avait abandonné derrière le comptoir et que j'étais parvenu à subtiliser, à mon retour, en détournant l'attention de la jeune étudiante qui officiait à sa place. Vous avez un plan du métro ? lui avais-je demandé. (Hihihi, j'avais bien vu qu'il n'en restait plus sur le comptoir et que la réserve, entreposée sur la tablette derrière elle, l'obligerait à se retourner !) Elle avait dû faire une drôle de tête quand elle s'était aperçue que j'avais déguerpi sans attendre. Je dînai aux frais de la Confrérie des Farfelus, de quelques tranches de saucisson et d'andouille et d'un peu de pain, restes du pique-nique gracieusement offerts.

Ce fut le troisième jour, je crois, après mon arrivée à l'étude, et alors qu'aucun besoin ne s'était fait sentir d'examiner ses propres écritures, que dans ma hâte de boucler une petite affaire que j'avais sous la main j'interpellai soudainement Bartleby. Pressé, et naturellement assuré d'une immédiate obéissance, je restai assis, la tête penchée au-dessus de l'original qui se trouvait sur mon bureau, la main droite de côté, tendant quelque peu nerveusement la copie afin que Bartleby, émergeant incontinent de sa retraite, pût s'en emparer et se mettre au travail sans délai. J'étais donc assis dans cette même posture lorsque je l'appelai et lui exposai rapidement ce que j'attendais de lui, savoir, l'examen de concert d'un petit document. Imaginez ma surprise, non, mon indignation, lorsque, sans se départir de son quant-à-soi, Bartleby, d'une voix singulièrement douce et ferme, me répondit, «*je préférerais ne pas*» (Herman Melville, *Bartleby*).

Retourner au travail, le lendemain, je préférai ne pas.

Debout, les jambes flageolantes, extrêmement mal à l'aise, je sentais dans mon dos, le feu d'un rayon laser, tous les regards braqués sur moi. Et les visages qui me faisaient face ne m'étaient d'aucun secours, fermés, sévères, presque haineux. Rien, pas une ombre de mansuétude à laquelle je pusse me raccrocher. Cela m'apparaissait inéluctable, je n'avais aucune chance de m'en sortir, ne nourrissais pas le plus petit espoir. L'image du procureur, l'air dégoûté, tenant entre le pouce et l'index l'objet du délit, mes pantoufles, ne me lâchait pas. Les mots durs qu'ils avaient prononcés n'en finissaient pas de tourner dans mon cerveau, comme une tornade dévastatrice. Trouble de l'ordre public, attentat à la pudeur, incitation à la débauche, mise en danger d'autrui, tentative d'homicide par empoisonnement moral. J'attendais, tremblant, les épaules rentrées, le dos voûté, que le verdict tombât, me laissant, pour ce que je pouvais l'imaginer à l'avance, chancelant et détruit. Plus rien à attendre non plus du côté de mon avocat ; Maître Carpe n'avait pipé mot de tout le procès, fidèle à sa promesse. Et soudain, la voix du président traversa le brouillard pour venir me percuter. En conséquence, le jury vous condamne à porter des Reebok Victory Pump du matin, au lever, jusqu'au soir au coucher, et ce, le reste de votre vie ! Acclamations dans la salle, je m'évanouis.

Et me réveillai, le lundi matin, de fort belle humeur malgré ce cauchemar éprouvant qui m'avait laissé, suant, fiévreux, au beau milieu de la nuit, assis sur mon lit. Néanmoins, mon premier réflexe fut de plonger le regard dans la rigole du lit. Elles étaient toujours là. Point de Reebok ! Je les attrapai et les déposai devant moi sur le lit. Toujours là, certes, mais force était de constater qu'elles commençaient à sérieusement emboucaner. Je me levai et me dirigeai vers la fenêtre que j'entrouvris pour aérer un peu. J'aurais dû me trouver au boulot, à cette heure-ci, au lieu de quoi je traînais en caleçon et tee-shirt dans une chambre d'hôtel, avec un gentil coulis d'air frais qui filtrait par les deux battants entrouverts de la fenêtre et venait me chatouiller les parties. Non, vraiment, ce n'était pas désagréable comme situation. J'essayais paresseusement de trouver une explication pour justifier mon absence au travail. Je comptais un peu sur le succès que j'avais remporté auprès de madame Laforêt-Larue avec le dossier Bériot. Était-il envisageable qu'ils goûtassent, là-bas, la technique d'esquive de Bartleby ? Je saisis mon téléphone portable, décidai d'improviser. Ça avait bien marché la dernière fois.

Cinq jours de liberté ! Libertad, liberty ! Je me félicitai de l'efficacité de mon coup de fil même si, pour l'occasion, j'avais dû sacrifier, sans le moindre scrupule, une lointaine tante en prétextant devoir me rendre à son enterrement. Oui, la pauvre, fauchée en traversant la grand-rue de son village alors qu'elle se rendait au marché. Elle qui avait déjà connu tant de pépins physiques, la polio, la tuberculose, c'est vraiment triste (quand même, j'exagérais un peu, d'autant qu'elle devait se porter comme un charme et, peut-être, à cette heure-ci, faire tranquillement ses courses au Leclerc de Montargis). Toutes mes condoléances. Je préviens madame Laforêt-Larue. Courage !

Je descendis, sur les coups de midi, pour prendre mon petit déjeuner au bistrot du coin. Bonjour, pas très matinal ! me lança Buster Keaton alors que je passais devant la réception. L'air de la campagne vous a eu, mon cher ! En guise de réponse, je lui souris.

Il mettait Champigny-sur-Marne à la campagne. C'était à se demander s'il ne s'était pas, lui aussi, arrêté à l'année 1933. Il me souhaita une bonne journée tout en se décalant un peu pour me montrer ostensiblement qu'il avait troqué ses charentaises rouges contre des vertes, manière de me signifier qu'il avait de la réserve et pouvait envisager sereinement une longue période de résistance. Toutefois il ne s'exposait pas autant que moi, le bougre ; toute la journée derrière son comptoir, les risques étaient moindres de passer pour un hurluberlu.

Avec le soleil triomphant, les orangers et les palmiers dans leurs bacs à roulettes, le Luxembourg prenait des airs d'oasis marocaine (quoique cela pût faire aussi penser aux jardins d'une maison de retraite, peuplés de grabataires en fauteuils roulants). Cela m'autorisait, de mon point de vue, à rentrer le talon de mes charentaises pour les transformer en babouches. Bien m'en avait pris de choisir le Luco pour profiter pleinement de ces premiers moments mérités d'oisiveté. L'endroit était plutôt calme. Je traînais au hasard des allées, du côté des courts de tennis et des jeux pour enfants, attiré par l'ombre rafraîchissante des marronniers, mes babouches me menant jusqu'au castelet où se donnaient à heures fixes des représentations du théâtre de Guignol. La prochaine devait se jouer incessamment. Il me sembla, mais c'était sans doute un effet de lumière à travers les feuilles des arbres, que le Guignol de l'affiche me faisait des clins d'œil. J'achetai un ticket.

Je me retrouvai assis sur un des bancs du fond, au milieu des quelques parents et nounous. Une dizaine d'enfants avaient pris d'assaut les places du premier rang ; deux timides avaient préféré se maintenir à bonne distance, au troisième rang, l'un à côté de l'autre, solidaires dans l'angoisse de ce qui allait pouvoir arriver quand le rideau s'écarterait. Une voix off, déformée par les grésillements d'un haut-parleur, annonça le début imminent de l'Histoire du petit chat Minouchet et de l'étourdi Gnafron. Applaudissements. Clap-clap de la semelle intérieure de mes babouches contre la plante de mes pieds. Regard interloqué de ma voisine.

Dès le début de la représentation, elle avait sorti un carnet de son sac et s'était mise à noter un tas de trucs. Que pouvait-elle bien écrire ? Les péripéties de Guignol n'avaient pas beaucoup évolué depuis mon enfance. On continuait à s'exclamer, à se donner des coups de bâton, à demander au public où se trouvait le terrible gendarme, alors qu'il se tenait toujours à la même place, juste derrière Guignol. Le seul changement notable était la présence d'objets récents tels qu'un téléphone portable ou un baladeur MP3, qui ne s'imposaient pas du tout pour le bon déroulement de l'histoire mais avaient dû être jugés utiles pour donner une touche de modernité au spectacle. À la fin de la représentation, les jeunes spectateurs et leurs accompagnateurs évacuèrent les lieux en un rien de temps, pressés de se ruer chez le marchand de glaces et de gaufres. Le castelet se retrouva alors plongé dans un silence étonnant, d'autant plus dense qu'il contrastait avec l'agitation des instants précédents. Nous étions restés assis, ma voisine et moi, immobiles dans la pénombre (on avait de nouveau éteint les lumières qu'on avait rallumées le temps de la sortie des spectateurs). Veuillez m'excuser si je me montre bien curieuse, mais je me demande si c'est par étourderie ou, au contraire, délibérément que vous portez ces pantoufles ? Ma voisine paraissait gênée par l'audace de sa question et, pour se dédouaner, elle me gratifia d'un charmant sourire. Donnant-donnant, lui répondis-je, vous me direz alors ce que vous notiez dans votre carnet.

Elle s'appelait Anna. Elle était étudiante en école d'art et préparait une thèse sur l'étude comparée de Guignol et de Karaghiozis, le célèbre personnage du théâtre d'ombres grec. Lui non plus, on ne savait pas de quelle manière il était chaussé. Elle avait beaucoup ri lorsque je lui avais expliqué comment je m'étais retrouvé en pantoufles à la porte de mon appartement. Et surtout, elle avait applaudi au fait que, depuis lors, j'avais décidé de les garder aux pieds, en manière de pied de nez envers mon destin. Elle avait même ajouté que cela pourrait être le début d'un bon roman. J'en doutais. Nous nous étions installés en terrasse, à l'Auberge des Marionnettes, et avions commandé deux cocktails Gnafron. Les deux personnages principaux, Guignol et Karaghiozis, ont beaucoup de points communs, me dit-elle ; le premier, le plus évident, est leur effronterie. Le fait qu'ils appartiennent tous deux à la classe populaire les rapproche. Mais on peut aussi remarquer des différences fondamentales qui ne sont pas sans lien avec les pays dans lesquels ils évoluent. La misère n'est pas vécue de la même manière en France et en Grèce. Tandis qu'Anna m'expliquait les grandes lignes de sa thèse, je me demandais quel pouvait être son âge. Elle parlait avec la spontanéité et l'innocence de la jeunesse, mais les légères rides de son visage trahissaient quelques combats passés. Guignol est plutôt jeune alors que Karaghiozis est un vieil homme, précisa-t-elle, comme si elle avait lu dans mes pensées. Les joues lisses et rouges de

Guignol sont celles d'un enfant. Il porte un catogan tressé, une veste propre à boutons dorés. Tandis que Karaghiozis est voûté, mal attifé. L'un baigne dans un univers tout en couleurs, l'autre se contente du noir et blanc. Mais tous deux sont des résistants ! J'aime ce contraste présent chez les deux personnages, le fait qu'on puisse résister avec humour, dit-elle en portant son regard sur mes pantoufles.

Nous passâmes le reste de l'après-midi, délicieusement, à marcher dans les rues du quartier, sans destination précise. Anna était intarissable sur Guignol. J'appris ainsi qu'il avait été inventé par un dénommé Laurent Mourguet, vers la fin du XVIIIe siècle, que le personnage de Gnafron avait réellement existé et avait été surnommé « le Père Thomas ». Ç'avait été un ami de Mourguet, plutôt porté sur la bouteille. D'où les joues rouges de sa marionnette. Je lui fis la remarque que le principe des marionnettes à gaine ne permettait pas de savoir comment les personnages étaient chaussés. Elle me répondit qu'il lui plaisait d'imaginer que Guignol portât, comme moi, des pantoufles.

Je trouvai qu'Anna dégageait une douce poésie. Elle n'avait pas besoin de pantoufles, elle, pour se déplacer avec légèreté sur la surface rugueuse de la Terre. Elle glissait, portée par un enthousiasme et une gentillesse naturels. Ça émanait de tout son être. Les autres pouvaient bien hurler, se déchirer, s'invectiver, elle allait son bonhomme de chemin, indifférente non, mais avec la sérénité de celle qui a choisi le côté de la vie et du mouvement plutôt que la gangrène et l'immobilité. Elle aurait pu, dans le cadre de ses études, faire une thèse sur l'académisme dans l'œuvre de Delacroix. Non, elle avait choisi Guignol. En plus, il fallait bien me l'avouer, je la trouvais plutôt jolie.

Vous devriez peut-être les changer, non ? Elles m'ont l'air d'avoir fait leur temps. Elle ne m'avait rien dit de plus sur mes pantoufles.

Je rentrai à l'hôtel, heureux de cette rencontre. À mon passage, Buster Keaton-Maître Masque s'extirpa de la lecture d'un exemplaire de poche des *Pensées* de Pascal pour me gratifier d'un clin d'œil et me désigner du menton la modeste vitrine qui abritait quelques menus objets-souvenirs de Paris (un porte-clefs tour Eiffel, une boule à neige Sacré-Cœur, une assiette Arc de Triomphe, un briquet Moulin-Rouge). Y avait été déposée, au centre, et légèrement surélevée, comme la pièce principale d'un musée, une superbe paire de charentaises bleu clair. Ce soir-là, je m'endormis sous les regards de Guignol, de Gnafron, du chat Minouchet et d'Anna.

Les deux jours qui suivirent furent consacrés à de longues promenades dans Paris, Anna et moi marchant paisiblement côte à côte, nous amusant de la foule empressée qui s'agitait bruyamment autour de nous. Je remarquai qu'Anna avait délaissé les petits souliers vernis à talons qu'elle portait lors de notre rencontre au profit d'une paire de ballerines légères et silencieuses, ballerines qui, notai-je in petto, pouvaient tout à fait être utilisées comme chaussons d'intérieur.

CHAUSSURE À SON PIED

Je fis part à Buster Keaton-Maître Masque de ma décision de quitter l'hôtel. Et alors que je m'attendais à une certaine déception de son côté, il me gratifia d'un large sourire. Regardez ce triomphe ! Nous sommes en marche, mon cher Maître Pantoufle ! Il me tendit le journal du jour. S'étalait à la une, sur quatre colonnes, un article titré « Le député Jean Printe sur les pas de Khrouchtchev ! ». On y relatait la séance de questions au gouvernement qui s'était déroulée la veille, à l'Assemblée. Sur le délicat sujet des retraites, le député Jean Printe avait prononcé une longue diatribe assassine qu'il avait ponctuée de coups de pantoufles frappés sur son pupitre, récoltant un vif succès auprès de ses collègues. Interviewé à l'issue de la séance, le député annonçait la création d'un nouveau groupe parlementaire, scellant ainsi l'acte de naissance de l'EMMEP (En Marche

Mais En Pantoufles). Rien ne peut plus nous arrêter, jubilait Buster Keaton-Maître Masque. Il faudra, un jour, vous élever une statue. Et je ne doute pas que la partie la plus délicate à sculpter sera vos pieds !

J'étais néanmoins décidé. Je quittais l'hôtel. J'avais fourré mes deux liquettes et mes caleçons sales dans un petit sac à dos urbain que je m'étais procuré, au préalable, dans un magasin du quartier spécialisé dans les articles en cuir, laissant derrière moi une vendeuse pour le moins dubitative, qui, visiblement, ne comprenait pas comment, dans ma situation, je pouvais privilégier l'achat d'un sac au détriment de chaussures. Et j'étais prêt à m'élancer sur le trottoir, plein d'espoir et de doute, comme un explorateur partant vers une terre inconnue.

Mais cette terre inconnue portait déjà un nom : Anna.

Nous étions convenus de nous retrouver, en fin de matinée, dans une brasserie qui donnait sur les grilles du Luco. Anna avait projeté de retourner au théâtre de marionnettes afin d'interviewer le propriétaire. Je lui avais proposé de l'accompagner et elle avait, le plus simplement du monde, accepté. J'arrivai en avance sur l'horaire fixé et, d'un rapide coup d'œil, fis le tour des clients installés en terrasse. Anna n'était pas encore là. Je disposais donc d'un peu de temps. J'en profitai pour me balader, remontant la rue de Vaugirard en direction du Sénat. Je longeai quelques devantures de commerces, une librairie, une galerie de marchand de tableaux, un magasin de chaussures italiennes, une boutique de bibelots. Mon regard fut attiré par un grand miroir sur pied qui trônait dans la vitrine de cette dernière. Un bel objet, en bois noble, qui pouvait également faire office de valet de nuit. Je m'approchai et reçus un choc en y découvrant mon image. J'eus, un instant, l'impression que c'était moi qu'on avait mis en vente, ainsi, à la discrétion des passants. Et cela m'attrista beaucoup car je n'eusse pas donné un centime pour un miroir offrant un tel reflet. Le haut, ça pouvait encore aller, mais pour ce qui concernait le bas, ces charentaises essoufflées qui s'accordaient si mal avec le reste, quelle misère ! Alors que, durant une semaine, j'avais eu nettement la sensation que ces pantoufles m'élevaient au-dessus des autres, bien mieux que n'importe quelles talonnettes, je réalisai soudain que ce n'était plus le cas. Au contraire, j'éprouvai même une gêne à l'idée qu'Anna pût me revoir avec cette allure désespérante, ainsi chaussé. Mon regard se détourna, pour trouver refuge dans la vitrine voisine. Ça tombait bien, c'était la boutique de mocassins italiens.

J'en achetai une paire en daim clair qui s'accordait, au dire de la vendeuse, parfaitement avec mon pantalon. Et je rattrapai in extremis mes pantoufles que cette même vendeuse était à deux doigts de jeter à la poubelle, non, non, je préfère les garder en souvenir, et qui me les rendit, l'air un peu dégoûté, emballées dans une poche plastique transparente.

On approchait midi et les consommateurs s'étaient installés en nombre à la terrasse, mais je distinguai assez facilement Anna parmi eux. Elle portait un débardeur orange, les cheveux retenus par un foulard qui lui donnait un petit air de Grace Kelly. Elle était plongée dans un livre de sorte qu'elle ne me vit pas approcher. Parvenu devant la terrasse, je fus de nouveau pris en guet-apens par mon reflet dans la vitrine du café. Cette fois-ci, c'était la poche plastique, avec mes pantoufles à l'intérieur, qui jurait. Je n'allais tout de même pas me présenter devant Anna avec, au bout du bras, ce que je considérais dorénavant comme une parfaite faute de goût. Je décidai donc de déposer la poche plastique sur un banc qui se trouvait, ça tombait bien, devant la terrasse, entre deux platanes. Les mains libres autant que l'esprit, je m'avançai au milieu des tables.

Anna lisait une anthologie des plus beaux poèmes d'amour. Elle me confia que *Le Sonnet d'Arvers* restait son préféré. Elle était fraîche et souriante, comme la veille. Nous passâmes commande auprès du serveur. Deux bières. Je ne savais pas pourquoi, mais il me plut de constater qu'elle appréciait la bière. Peut-être le fait que cela nuançait le côté Grace Kelly. Elle proposa de me lire les questions qu'elle avait prévu de poser au propriétaire du théâtre de Guignol. Comment en êtes-vous arrivé à exercer ce métier ? Est-ce que vous avez constaté des différences, au fil des années, au niveau de la réceptivité du public ? Quelles sont les évolutions majeures que vous avez apportées au personnage de Guignol ? Tandis que je l'écoutais, non sans un certain ravissement, bercé par la douceur de sa voix et de la brise légère qui nous parvenait, chargée des effluves végétaux des jardins du Luxembourg, mon regard se porta sur le banc où j'avais laissé mes pantoufles. Un homme s'était assis et, après avoir jeté un œil sur la poche plastique, s'en était emparé. Il sortit les pantoufles et les contempla durant quelques instants. C'était un homme d'une cinquantaine d'années, habillé en costume-cravate, avec un attaché-case, triste et strict. Les sujets abordés par Guignol ont-ils évolué vers une critique plus sévère de la société ? À ma grande surprise, l'homme se déchaussa et enfila mes pantoufles. Il fit ensuite, jambes tendues, quelques mouvements d'assouplissement des chevilles. Enfin, il se leva, hésita un peu, regarda à droite, à gauche, et s'éloigna d'un pas nonchalant sur le trottoir. Restèrent, sur le banc, deux souliers de cuir noir, d'aspect plutôt neuf, et un attaché-case. Je me tournai vers Anna. Le sourire qu'elle me fit alors était vrai, pas celui d'une actrice. Et la place de l'amour chez Guignol ?

ÉPILOGUE PÉDESTRE

Un an plus tard, après une campagne électorale rondement menée et une marche triomphante vers la victoire, le nouveau président de la République, fraîchement élu, faisait une entrée remarquée au palais de l'Élysée, en grandes pompes et en pantoufles. Concomitamment, deux amoureux franchissaient les grilles des jardins du Luxembourg pour y fêter, près du castelet de Guignol, l'anniversaire de leur rencontre. Est-il besoin de préciser qu'eux aussi étaient chaussés de pantoufles ?

DU MÊME AUTEUR

Aux Éditions de l'Arbre vengeur

LES PANTOUFLES, 2020 (Folio n° 7049).

Aux Éditions Quadrature

HISTOIRES JIVARO. 100 NOUVELLES DE 100 MOTS, 2008.

LES HOMMES À LUNETTES N'AIMENT PAS SE BATTRE, 2010.

DEUX ANS DE VACANCES ET PLUS, 2016.

PETITES FOULÉES AU BORD D'UN CANAL, 2018.

Aux Éditions Luce Wilquin

UN SI PROCHE ÉLOIGNEMENT, 2011.

FRAGMENTS D'UN FAIT D'HIER, 2013.

LE ZILIEN OU SURVIE ET TRIOMPHE D'UN ENSEIGNANT DILETTANTE, 2014.

COLLECTION FOLIO

Dernières parutions

6863. Zéno Bianu	*Petit éloge du bleu*
6864. Collectif	*Anthologie de la littérature grecque. De Troie à Byzance*
6865. Italo Calvino	*Monsieur Palomar*
6866. Auguste de Villiers de l'Isle-Adam	*Histoires insolites*
6867. Tahar Ben Jelloun	*L'insomniaque*
6868. Dominique Bona	*Mes vies secrètes*
6869. Arnaud Cathrine	*J'entends des regards que vous croyez muets*
6870. Élisabeth Filhol	*Doggerland*
6871. Lisa Halliday	*Asymétrie*
6872. Bruno Le Maire	*Paul. Une amitié*
6873. Nathalie Léger	*La robe blanche*
6874. Gilles Leroy	*Le diable emporte le fils rebelle*
6875. Jacques Ferrandez / Jean Giono	*Le chant du monde*
6876. Kazuo Ishiguro	*2 nouvelles musicales*
6877. Collectif	*Fioretti. Légendes de saint François d'Assise*
6878. Herta Müller	*La convocation*
6879. Giosuè Calaciura	*Borgo Vecchio*
6880. Marc Dugain	*Intérieur jour*
6881. Marc Dugain	*Transparence*
6882. Elena Ferrante	*Frantumaglia. L'écriture et ma vie*
6883. Lilia Hassaine	*L'œil du paon*
6884. Jon McGregor	*Réservoir 13*
6885. Caroline Lamarche	*Nous sommes à la lisière*
6886. Isabelle Sorente	*Le complexe de la sorcière*
6887. Karine Tuil	*Les choses humaines*

6888. Ovide	*Pénélope à Ulysse* et autres lettres d'amour de grandes héroïnes antiques
6889. Louis Pergaud	*La tragique aventure de Goupil* et autres contes animaliers
6890. Rainer Maria Rilke	*Notes sur la mélodie des choses* et autres textes
6891. George Orwell	*Mil neuf cent quatre-vingt-quatre*
6892. Jacques Casanova	*Histoire de ma vie*
6893. Santiago H. Amigorena	*Le ghetto intérieur*
6894. Dominique Barbéris	*Un dimanche à Ville-d'Avray*
6895. Alessandro Baricco	*The Game*
6896. Joffrine Donnadieu	*Une histoire de France*
6897. Marie Nimier	*Les confidences*
6898. Sylvain Ouillon	*Les jours*
6899. Ludmila Oulitskaïa	*Médée et ses enfants*
6900. Antoine Wauters	*Pense aux pierres sous tes pas*
6901. Franz-Olivier Giesbert	*Le schmock*
6902. Élisée Reclus	*La source* et autres histoires d'un ruisseau
6903. Simone Weil	*Étude pour une déclaration des obligations envers l'être humain* et autres textes
6904. Aurélien Bellanger	*Le continent de la douceur*
6905. Jean-Philippe Blondel	*La grande escapade*
6906. Astrid Éliard	*La dernière fois que j'ai vu Adèle*
6907. Lian Hearn	*Shikanoko, livres I et II*
6908. Lian Hearn	*Shikanoko, livres III et IV*
6909. Roy Jacobsen	*Mer blanche*
6910. Luc Lang	*La tentation*
6911. Jean-Baptiste Naudet	*La blessure*
6912. Erik Orsenna	*Briser en nous la mer gelée*
6913. Sylvain Prudhomme	*Par les routes*
6914. Vincent Raynaud	*Au tournant de la nuit*
6915. Kazuki Sakuraba	*La légende des filles rouges*
6916. Philippe Sollers	*Désir*

6917. Charles Baudelaire — *De l'essence du rire* et autres textes
6918. Marguerite Duras — *Madame Dodin*
6919. Madame de Genlis — *Mademoiselle de Clermont*
6920. Collectif — *La Commune des écrivains. Paris, 1871 : vivre et écrire l'insurrection*
6921. Jonathan Coe — *Le cœur de l'Angleterre*
6922. Yoann Barbereau — *Dans les geôles de Sibérie*
6923. Raphaël Confiant — *Grand café Martinique*
6924. Jérôme Garcin — *Le dernier hiver du Cid*
6925. Arnaud de La Grange — *Le huitième soir*
6926. Javier Marías — *Berta Isla*
6927. Fiona Mozley — *Elmet*
6928. Philip Pullman — *La Belle Sauvage. La trilogie de la Poussière, I*
6929. Jean-Christophe Rufin — *Les trois femmes du Consul. Les énigmes d'Aurel le Consul*
6930. Collectif — *Haikus de printemps et d'été*
6931. Épicure — *Lettre à Ménécée* et autres textes
6932. Marcel Proust — *Le Mystérieux Correspondant* et autres nouvelles retrouvées
6933. Nelly Alard — *La vie que tu t'étais imaginée*
6934. Sophie Chauveau — *La fabrique des pervers*
6935. Cecil Scott Forester — *L'heureux retour*
6936. Cecil Scott Forester — *Un vaisseau de ligne*
6937. Cecil Scott Forester — *Pavillon haut*
6938. Pam Jenoff — *La parade des enfants perdus*
6939. Maylis de Kerangal — *Ni fleurs ni couronnes* suivi de *Sous la cendre*
6940. Michèle Lesbre — *Rendez-vous à Parme*
6941. Akira Mizubayashi — *Âme brisée*
6942. Arto Paasilinna — *Adam & Eve*
6943. Leïla Slimani — *Le pays des autres*
6944. Zadie Smith — *Indices*
6945. Cesare Pavese — *La plage*
6946. Rabindranath Tagore — *À quatre voix*

6947.	Jean de La Fontaine	*Les Amours de Psyché et de Cupidon* précédé d'*Adonis* et du *Songe de Vaux*
6948.	Bartabas	*D'un cheval l'autre*
6949.	Tonino Benacquista	*Toutes les histoires d'amour ont été racontées, sauf une*
6950.	François Cavanna	*Crève, Ducon !*
6951.	René Frégni	*Dernier arrêt avant l'automne*
6952.	Violaine Huisman	*Rose désert*
6953.	Alexandre Labruffe	*Chroniques d'une station-service*
6954.	Franck Maubert	*Avec Bacon*
6955.	Claire Messud	*Avant le bouleversement du monde*
6956.	Olivier Rolin	*Extérieur monde*
6957.	Karina Sainz Borgo	*La fille de l'Espagnole*
6958.	Julie Wolkenstein	*Et toujours en été*
6959.	James Fenimore Cooper	*Le Corsaire Rouge*
6960.	Jean-Baptiste Andrea	*Cent millions d'années et un jour*
6961.	Nino Haratischwili	*La huitième vie*
6962.	Fabrice Humbert	*Le monde n'existe pas*
6963.	Karl Ove Knausgaard	*Fin de combat. Mon combat - Livre VI*
6964.	Rebecca Lighieri	*Il est des hommes qui se perdront toujours*
6965.	Ian McEwan	*Une machine comme moi*
6966.	Alexandre Postel	*Un automne de Flaubert*
6967.	Anne Serre	*Au cœur d'un été tout en or*
6968.	Sylvain Tesson	*La panthère des neiges*
6969.	Maurice Leblanc	*Arsène Lupin, gentleman-cambrioleur*
6970.	Nathacha Appanah	*Le ciel par-dessus le toit*
6971.	Pierre Assouline	*Tu seras un homme, mon fils*
6972.	Maylis Besserie	*Le tiers temps*
6973.	Marie Darrieussecq	*La mer à l'envers*
6974.	Marie Gauthier	*Court vêtue*
6975.	Iegor Gran	*Les services compétents*
6976.	Patrick Modiano	*Encre sympathique*

6977. Christophe Ono-dit-Biot et Adel Abdessemed — *Nuit espagnole*
6978. Regina Porter — *Ce que l'on sème*
6979. Yasmina Reza — *Anne-Marie la beauté*
6980. Anne Sinclair — *La rafle des notables*
6981. Maurice Leblanc — *Arsène Lupin contre Herlock Sholmès*
6982. George Orwell — *La Ferme des animaux*
6983. Jean-Pierre Siméon — *Petit éloge de la poésie*
6984. Amos Oz — *Ne dis pas la nuit*
6985. Belinda Cannone — *Petit éloge de l'embrassement*
6986. Christian Bobin — *Pierre,*
6987. Claire Castillon — *Marche blanche*
6988. Christelle Dabos — *La Passe-miroir, Livre IV. La tempête des échos*
6989. Hans Fallada — *Le cauchemar*
6990. Pauline Guéna — *18.3. Une année à la PJ*
6991. Anna Hope — *Nos espérances*
6992. Elizabeth Jane Howard — *Étés anglais. La saga des Cazalet I*
6993. J.M.G. Le Clézio — *Alma*
6994. Irène Némirovsky — *L'ennemie*
6995. Marc Pautrel — *L'éternel printemps*
6996. Lucie Rico — *Le chant du poulet sous vide*
6997. Abdourahman A. Waberi — *Pourquoi tu danses quand tu marches ?*
6998. Sei Shônagon — *Choses qui rendent heureux* et autres notes de chevet
6999. Paul Valéry — *L'homme et la coquille* et autres textes
7000. Tracy Chevalier — *La brodeuse de Winchester*
7001. Collectif — *Contes du Chat noir*
7002. Edmond et Jules de Goncourt — *Journal*
7003. Collectif — *À nous la Terre !*
7004. Dave Eggers — *Le moine de Moka*
7005. Alain Finkielkraut — *À la première personne*
7007. C. E. Morgan — *Tous les vivants*

7008.	Jean d'Ormesson	*Un hosanna sans fin*
7009.	Amos Oz	*Connaître une femme*
7010.	Olivia Rosenthal	*Éloge des bâtards*
7011.	Collectif	*Écrire Marseille.* 15 grands auteurs célèbrent la cité phocéenne
7012.	Fédor Dostoïevski	*Les Nuits blanches*
7013.	Marguerite Abouet et Clément Oubrerie	*Aya de Yopougon 5*
7014.	Marguerite Abouet et Clément Oubrerie	*Aya de Yopougon 6*
7015.	Élisa Shua Dusapin	*Vladivostok Circus*
7016.	David Foenkinos	*La famille Martin*
7017.	Pierre Jourde	*Pays perdu*
7018.	Patrick Lapeyre	*Paula ou personne*
7019.	Albane Linÿer	*J'ai des idées pour détruire ton ego*
7020.	Marie Nimier	*Le Palais des Orties*
7021.	Daniel Pennac	*La loi du rêveur*
7022.	Philip Pullman	*La Communauté des esprits. La trilogie de la Poussière II*
7023.	Robert Seethaler	*Le Champ*
7024.	Jón Kalman Stefánsson	*Lumière d'été, puis vient la nuit*
7025.	Gabrielle Filteau-Chiba	*Encabanée*
7026.	George Orwell	*Pourquoi j'écris* et autres textes politiques
7027.	Ivan Tourguéniev	*Le Journal d'un homme de trop*
7028.	Henry Céard	*Une belle journée*
7029.	Mohammed Aïssaoui	*Les funambules*
7030.	Julian Barnes	*L'homme en rouge*
7031.	Gaëlle Bélem	*Un monstre est là, derrière la porte*
7032.	Olivier Chantraine	*De beaux restes*
7033.	Elena Ferrante	*La vie mensongère des adultes*
7034.	Marie-Hélène Lafon	*Histoire du fils*
7035.	Marie-Hélène Lafon	*Mo*

7036. Carole Martinez	*Les roses fauves*
7037. Laurine Roux	*Le Sanctuaire*
7038. Dai Sijie	*Les caves du Potala*
7039. Adèle Van Reeth	*La vie ordinaire*
7040. Antoine Wauters	*Nos mères*
7041. Alain	*Connais-toi* et autres fragments
7042. Françoise de Graffigny	*Lettres d'une Péruvienne*
7043. Antoine de Saint-Exupéry	*Lettres à l'inconnue* suivi de *Choix de lettres dessinées*
7044. Pauline Baer de Perignon	*La collection disparue*
7045. Collectif	*Le Cantique des cantiques. L'Ecclésiaste*
7046. Jessie Burton	*Les secrets de ma mère*
7047. Stéphanie Coste	*Le passeur*
7048. Carole Fives	*Térébenthine*
7049. Luc-Michel Fouassier	*Les pantoufles*
7050. Franz-Olivier Giesbert	*Dernier été*
7051. Julia Kerninon	*Liv Maria*
7052. Bruno Le Maire	*L'ange et la bête. Mémoires provisoires*
7053. Philippe Sollers	*Légende*
7054. Mamen Sánchez	*La gitane aux yeux bleus*
7055. Jean-Marie Rouart	*La construction d'un coupable.* À paraître
7056. Laurence Sterne	*Voyage sentimental en France et en Italie*
7057. Nicolas de Condorcet	*Conseils à sa fille* et autres textes
7058. Jack Kerouac	*La grande traversée de l'Ouest en bus* et autres textes beat
7059. Albert Camus	*« Cher Monsieur Germain,... »* Lettres et extraits
7060. Philippe Sollers	*Agent secret*
7061. Jacky Durand	*Marguerite*
7062. Gianfranco Calligarich	*Le dernier été en ville*

7063. Iliana Holguín Teodorescu — *Aller avec la chance*
7064. Tommaso Melilli — *L'écume des pâtes*
7065. John Muir — *Un été dans la Sierra*
7066. Patrice Jean — *La poursuite de l'idéal*
7067. Laura Kasischke — *Un oiseau blanc dans le blizzard*
7068. Scholastique Mukasonga — *Kibogo est monté au ciel*
7069. Éric Reinhardt — *Comédies françaises*
7070. Jean Rolin — *Le pont de Bezons*
7071. Jean-Christophe Rufin — *Le flambeur de la Caspienne. Les énigmes d'Aurel le Consul*
7072. Agathe Saint-Maur — *De sel et de fumée*
7073. Leïla Slimani — *Le parfum des fleurs la nuit*
7074. Bénédicte Belpois — *Saint Jacques*
7075. Jean-Philippe Blondel — *Un si petit monde*
7076. Caterina Bonvicini — *Les femmes de*
7077. Olivier Bourdeaut — *Florida*
7078. Anna Burns — *Milkman*
7079. Fabrice Caro — *Broadway*
7080. Cecil Scott Forester — *Le seigneur de la mer. Capitaine Hornblower*
7081. Cecil Scott Forester — *Lord Hornblower. Capitaine Hornblower*
7082. Camille Laurens — *Fille*
7083. Étienne de Montety — *La grande épreuve*
7084. Thomas Snégaroff — *Putzi. Le pianiste d'Hitler*
7085. Gilbert Sinoué — *L'île du Couchant*
7086. Federico García Lorca — *Aube d'été* et autres impressions et paysages
7087. Franz Kafka — *Blumfeld, un célibataire plus très jeune* et autres textes
7088. Georges Navel — *En faisant les foins* et autres travaux
7089. Robert Louis Stevenson — *Voyage avec un âne dans les Cévennes*

*Tous les papiers utilisés pour les ouvrages
de collections Folio sont certifiés
et proviennent de forêts gérées durablement.*

*Composition : IGS-CP à L'Isle-d'Espagnac (Charente)
Impression Novoprint à Barcelone
le 23 janvier 2023
Dépôt légal : janvier 2023
1er dépôt légal dans la collection : février 2022*

ISBN 978-2-07-294512-0 / Imprimé en Espagne

597689